2N
シンタロー

ベル子
ジル
CHARACTER
OSANANAJIMI FPS GAME FRIEND

CONTENTS

OSANANAJIMI FPS GAME FRIEND

仲が悪すぎる幼馴染が、俺が５年以上ハマっているＦＰＳゲームのフレンドだった件について。２

田中ドリル

BRAVENOVEL
ブレイブ文庫

プロローグ

色を帯びた光。肌を焼く。

「ついにきたな……」

八月下旬。夏休み真っただ中。

大きな逆三角形の建物が、真夏の日差しを乱反射して、きらびやかに輝く。

俺は……いや俺たちは、ＲＬＲ高校生全国大会が開かれる巨大複合施設、東京ビッ○サイトに来ていた。

この場所に来るまで、本当にいろいろなことがあった。

腹黒美少女配信者（ストリーマー）に訴えかけられたり。

ガチホモ金髪イケメンに尻穴をねらわれたり。

仲が悪すぎる幼馴染が、俺が5年以上ハマっているＦＰＳゲームのフレンドだったり。

本当に、濃い三か月間だった。

「ちょっとシンタロー、邪魔なんだけど」

２Ｎ（ツーエヌ）さん。もとい俺の幼馴染、春名奈月（はるななつき）に、後ろから蹴られ。

「タロイモくん、のどかわいたのでジュース買ってきてください」

チームリーダーにもかかわらずベル子にパシられ。

「おっとシンタロー、熱中症には気をつけろよ」

通りすがりにジルに尻を触られる。

「お前ら引くぐらいいつも通りだな……緊張とかしないの？」

俺がそう言うと、一同は顔色を全く変えず答える。

「準備はしてます！　ノーパソもカメラも持ってきたので、すぐにでも動画作れますよ！　白万再生待ったなしです！」

「キングは常に平常心。……しかし、クイーンだけにはどうしても心を乱されてしまう。これが恋か」

「……やれることは全部やったわ。あとは結果で見せるだけよ」

三人の背中が、大きく見えた。

「……そうだな。あとは思いっきり暴れるだけだよな……」

拳を握り。一歩踏み出す。

会場につながる大きな扉を開くと、冷たい風が足を掠めた。

マシンを冷ます為、キンキン冷やされた会場。その冷気がここまで来ているのだろう。


「さぁ、しまっていこう」

暗く冷えた戦場で、世界で一番熱い戦いが、今始まる。

ラウンド１　決戦の火蓋

「すげぇ……」

感嘆の声を漏らす。

公式大会当日。朝十時からはじまる開会式に向け、俺たちはユニフォームを着て二時間ほど早く会場入りしていた。

場所は、コミケなど、様々なイベントを行う東京ビッ◯サイト。

会場中央の天井には巨大な立方体の多面型モニターが吊るされ、その下には選手たちがゲームをプレイするＰＣが準備されていた。もちろん、のぞき見できないようにチームのデスクごとに簡易的な壁が作られている。その壁にも、チームのロゴや、選手名などが記入されていた。

中央の巨大なモニターを観覧できるようにすり鉢状の観客席まで準備されていた。ちなみに席のチケットは即完売。ＲＬＲの底なしの人気が窺（うかが）える。

大会はこれから三日間。初日と二日目は出場チーム六十四チームを四つのグループに分けて午前と午後に各日２ラウンドずつ、計４ラウンドでの予選を行う。そして各グループの４ラウンドでの合計ポイント上位四チームで、１ラウンドのみの決勝戦を行う。

ゲームをするだけの為に、これほどの施設を用意して、なおかつ億単位の人がそのゲームを観覧するのだ。

本来であれば高校生日本最強を決める大会だったんだけど、ＶｏＶを始め、数多くの海外のトップチームが参加を希望した為、現在はＵ１８世界大会の様な盛り上がりを見せている。

中国トップチーム、屋内戦、近接戦最強の『team heaven』。

イギリストップチーム、怪物クラスのエイム力を持った選手が多く在籍する『ＧＧＧ　ｐｒｏ』。

そして……北米最強、いや、世界最強クラス。絶対王者の『ＶｏＶ』。

各国のプロゲーミングチームに在籍する高校生たちを、俺たち日本勢は相手にしなければいけない。

高鳴る鼓動に右手をあてながら、自分たちが予選で座るであろう席を確認し、観覧席と選手席の間でそわそわしていると、隣から元気な猫撫で声が聞こえてきた。

「はいどうもー！　美少女配信者のベル子です！」

黒と水色を基調としたチームパーカーを着たベル子が元気よく、自撮り棒とやらを使って動画を撮っていた。生放送らしい。

まぁこれほどの施設、しかもその大会の選手に選ばれたんだから、動画にしない手はないよな。

「ベル子たくさん頑張るから、みんなも応援（投げ銭）よろしくね？」

おっきなお胸をばいんばいんさせながら画面に向かってウインクする彼女。いろいろな意味でたくましいやつだ。

「それじゃあ！　ベル子が所属するチームのメンバーを紹介するよ！」

「またせたな、民たち。俺がジルクニフだ。好きなものはシンタロー、どうぞよろしく」

　ベル子の動画にジルが映る。ちなみに「……俺も出た方がいい？」とそわそわしながらベル子に聞いたら「タロイモくんは映えないのでいいです」と冷たくお断りされた。

　そりゃジルの方がイケメンだけどさ、俺リーダーじゃん？　なんかもうちょっとあるじゃん？　言い方とかさ？

　俺がしょぼんとしながらひとりで会場を記念撮影していると、後ろから肩をトントンと叩かれる。

「シンタロー、写真」

　奈月がなぜかいつものツンツンモードで自撮り棒を持ってこちらをにらみつけている。

　あれか？　お前もタロイモはインスタ映えしないからどっかいってろってか？

「はいはい、リーダーは隅っこの方で小さくなってますよ……」

「ちょっ、何勘違いしてんのよ。その……写真、記念に一緒に撮ってあげるって言ってるの……！」

「…………奈月……！」

　俺の奈月への好感度がぐぐっと上がる。流石は幼馴染、俺が落ち込んでいるのを察して気を使ってくれたんだな。

「ほら、はやく」

「お、おう……！」

奈月に腕を引かれる。なんか妙に距離が近いな。パシャリと音がしたその瞬間、目の前を白い何かが遮る。

「……ルーラーッ！」

奈月のドスの利いた声で状況を理解する。白と赤を基調とした、ＶｏＶのユニフォームを着ている純白の美少女は、自慢げに奈月の自撮り棒を指差した。

「しゃしん、あとでちょうだい？」

写真を撮った瞬間横槍をぶちかましたのは、ＶｏＶ最強のスナイパー。

ダイヤモンドルーラー。

奈月が自撮り棒で撮った写真は、ルーラーと俺のツーショットになっている。

「削除ッ削除ッ削除ッ！」

「だめっ！」

奈月はどこぞの死のノートを手に入れた狂信者のような声をあげて写真を削除した。

周りをよく見ると他のチームも、続々と会場入りしている。みんな自分たちのデスクを確認するのを忘れて、一同に奈月やルーラーやベル子に釘付けだ。気持ちはわかる、みんな見た目だけは綺麗だからな。

一週間前に出会った他のＶｏＶメンバー三人もいた。あの赤髪も一緒だ。

「……ベル子、すまん、用事ができた」

「えつ、あっ！　ちょっと！」

ベル子の生放送に参加していたジルが、急にこちらの方へズカズカとやってきた。

ジルは俺の横をスルリと通り抜けて、ＶｏＶメンバー、赤髪のところへ向かう。嫌な予感しかしない。

「ジル待て！」

制止の声はジルには届かない。ジルや奈月、ベル子は知っている。ＶｏＶに負ければ、赤髪やルーラーに、俺がＶｏＶに所属するという約束をしているということを。

邂逅してしまう。赤髪と金髪。

「おい、貴様」

「……？」

大会の運営にインタビューを受けていた赤髪。もといＶｏＶ、Ｕ１８チームのリーダー。

『grime(グライム)』にジルは不躾に声をかける。

「おいおい怖いもの知らず過ぎだろ……！」

俺は恐怖のあまり目を覆(おお)う。

まだ十八歳にもかかわらず、海外の公式大会でかなりの好成績を収めているＶｏＶの期待の新人。

彼において特筆すべきは、チートを疑われるほどの反動制御。

大きな反動で暴れるアサルトライフルを巧みに操り相手のヘッドに何発も銃弾を浴びせ、血(ち)

飛沫を派手にまき散らすことから、ＲＬＲゲーマーの間で『鮮血の皇帝』と畏怖されている。

　現にフルオートでの撃ち合いに関しては十八歳以上を含めた北米ランカーでもトップクラス。もちろん撃ち合いだけじゃない。立ち回りや索敵、エイム力、軒並み能力が高い万能型の選手なのだ。

　北米代表、世界大会のメンバーに抜擢されること間違いなしの本物の実力者に対して、ジルの行動はあまりにも無作法だった。

「君は……たしかシンタローのチームの……」

「俺のことは王様と呼べ」

　通訳を介して、鮮血の皇帝と会話するアサルトライフルの王様。

　グライムを取材していた記者は、ここぞとばかりに録音機をジルに向ける。まさに、混ぜるな危険の二人が混ざり合ってしまった。

　俺はやいのやいのと言い合いをするルーラーと奈月に挟まれながら、二人の会話に耳をかたむけていた。いつの間にか、俺たちの周りは数々のギャラリーと記者たちで埋め尽くされている。

　グライムは言うまでもなく注目を集めるし、ジルも優れた容姿を活かし読者モデルの仕事もやっていて、活動は多岐にわたる。

　ＦＰＳゲームにどっぷりつかっている人間なら、知らぬものがいないほど、彼らは有名なのだ。

王様(キング)と皇帝(エンペラー)。

彼らの二つ名も相まって、目の前で果たされた会合は、イベントと呼べるくらいに盛り上がっていた。

「貴様、グライムとか言ったな。俺のシンタローから話は聞いたぞ。誰の許可を得てウチのリーダーを引き抜こうとしているんだ？」

まるで自分が本物の王様であるが如く、尊大にジルは物申す。そのジルの言葉を通訳が翻訳して、グライムに伝えた。今日の通訳さんはこの前の通訳さんと違って女性だった。パリッとしたスーツを着こなしている如何にも仕事できそうな雰囲気だ。

その通訳さんは、グライムの英語を聞いて、何故か恍惚の笑みを浮かべて、翻訳する。

「……許可も何も、私は提案しただけです。その提案は、今も間違っているとは思っていません。彼は、私のモノになるべきだ。貴方では、彼を幸せにできない」

通訳さんの言葉を聞いたギャラリーや記者たちは「おおっ……！」っと声をあげる。

……ちょっと待って通訳さん。なんか脚色してない？

そんな通訳さんも御構い無しに、熱くなったジルは矢継ぎ早に言葉を続ける。

「言っておくが、俺とシンタローはもうすでに一晩を共にした仲だ。貴様なんぞが介入しようと、揺るぎない愛で結ばれているのだ。理解したならさっさと消えろ。王様(キング)の逆鱗に触れるまえにな」

「いや普通に合宿で寝ただけだからね！　なにも無いからね!?」

ジルのセリフに反論するも、ギャラリー（主に腐った女性ゲーマー）の黄色い歓声によって掻き消される。

その黄色い歓声に後押しされてか、頬を上気させて、通訳さんは熱く、グライムのセリフを翻訳する。

「ふっ……まったく、自分が満足するだけで、相手のことを考えない輩はこれだから嫌いなんだ。もう一度言いましょう。彼に気持ちよくプレイさせることができるのは、私だけです。貴方の自分本位のプレイじゃ、彼は満足しない。むしろ不満を募らせているでしょう」

確信した。今日の通訳は完全に腐ってやがる……ッ！

翻訳自体は間違っていないんだろうけど、明らかにそう聞こえるように通訳さんは脚色していた。

反論しようにも、ギャラリーの歓声により俺の言葉は一片たりとも届かない。

「貴様、それ以上妄言をたれるのであれば、尻の穴が増えることになるぞ？」

いや妄言たれてんのはお前だよ。ジル。

「上等です。どちらが彼に相応しいか、この大会で決着を着けましょう」

ジルの妄言に対して、熱く返答する通訳さん。……てかグライムまだ喋ってなかったんだけど、通訳さん絶対勝手にアフレコしたよね？

グライムは目に見えて困惑していた。そりゃそうだ。

腐りきってる通訳さんにいつの間にかガチホモに仕立てあげられたんだから。可哀想に……。

だけど二人のガチホモに狙われている設定になってしまった俺はもっと可哀想。

取り返しのつかないレッテルに絶望していると、ギャラリーの波を押しのけて、奈月とルーラーが俺の目の前におどり出る。その後ろをベル子がやれやれと言った感じでついてきた。

ギャラリーたち（男共）は、突然現れた美少女三人に野太い歓喜の声をあげる。ガチホモよりこっちの方が百倍華があるよな。

「シンタロー！　写真続き！」

「2N、ぬーぶ、しんたろ、わたしとしゃしん」

話がどうこんがらがったのかわからないけれど、奈月は自撮り棒を、ルーラーはゴツいカメラを持って写真を催促してくる。

ルーラーの言葉を聞いたギャラリーは驚嘆の声をあげた。

2Nが、まさか女だとは、そしてこれほどまでの美少女だとは誰も予想していなかったんだろう。

安心してくれ。俺も、仲が悪すぎる幼馴染が俺が5年以上ハマっているFPSゲームのフレンドだったとは思わなかった。

「シンタロー……どっちと写真撮るのよ……怒らないから、正直に言ってみなさい……？」

私を選ばなかったら殺すと言わんばかりの視線で俺をにらみつける奈月。

俺はそんな奈月の視線よりも、周りの視線やひそひそと聞こえる言葉の方が痛かった。

「あれがあのタロイモと2N……」

「まさかあの白銀美少女がダイアモンドルーラーなのか……!?」

「ベル子様だけじゃ飽き足らず、あんな美少女たちまで……もうぶっ○すしかねぇな」

「タロイモ爆発しろ」

「ベル子かわいいよベル子」

「ジルクニフくんは意外に誘い受けで、シンタローくんが攻めだと思うのよね、異論は認めないわ」

ガチホモ二人に狙われて、美少女二人に狙われているとギャラリーに盛大に勘違いされてしまった俺。

違うんだよ。奈月もルーラーも、お互い負けたくないから俺との写真でも勝負のネタにしてるだけなんだよ。この行動に恋愛感情的なモノはないはずだ。たぶん。

だって現に奈月は俺の足をかかとで穴があきそうなくらいグリグリしてるもん。眉間にマリアナ海溝ばりのシワをつくってにらみつけてるもん。こんな事してるのに俺のこと好きとかありえない。もしそうだとしたらツンデレこじらせすぎ。

ごちゃごちゃしている空気の中、ベル子がまぁまぁと場の空気を落ち着かせる。

「とにかく、私たちの大切なリーダーをくれてやるわけにはいきません。正々堂々と決勝で叩き潰してやるので、覚悟しておいてくださいね？」

ベル子がかっこかわいくビシッとキメると、ギャラリーたちからまたもや野太い歓声があがる。そのギャラリーの中に明らかに選手でも大会関係者でもないおじさんが何故か混じっていたので、警備の人に連れていかれた。……ベル子のファン層はやはり過激派が多い。

そんなことよりも、俺は普段お腹真っ黒の彼女が発した言葉とは思えないほど情のこもったセリフに、めちゃくちゃ感動していた。

「ベル子……お前……っ！」

俺が感動に打ち震えていると、聞こえるか聞こえないかギリギリの声量で、彼女はボソッと呟く。

「……まだまだタロイモくんには再生数を稼いでもらわないとですし」

「……」

ほんと良い性格してるよコイツ。俺の感動返せよ。

「そうよ、シンタローは誰にも渡さない」

奈月はVoVメンバー、というよりルーラーをにらみつけて、そう告げる。

「Childhood friend always loses」

対してルーラーは、流暢な英語でそれに対抗した。

奈月が通訳さんに目配せすると、通訳さんが快く翻訳してくれた。

「お……幼馴染みは、負け属性……とのことです」

「このクソガキ絶対にぶち殺す」

あまりの怒気に奈月は髪が金髪になりそうだった。ルーラーも不機嫌そうにほっぺを膨らませている。そんな二人を俺とグライムはなだめて、なんとか落ち着かせた。

「……お互い、良い勝負にしようぜ」

通訳さんの翻訳を手で制して、彼は日本語でこう答えた。

「楽しみにしています」

そんな会話をしていると、ジルが珍しく不機嫌そうに俺の手を掴む。

「行くぞシンタロー、控え室で作戦会議だ」

「ちょっ！　まだ誤解が解けてないんですけど！」

ギャラリーたちの波を掻きわけ、その後ろから奈月やベル子もついてきた。

ギャラリーは俺たちの関係性についてひそひそと話しているし、記者に至っては「今日の記事はコレで決まりだな！」とかほざき散らかしている。俺がネットのおもちゃにされるのはもうすでに確定してしまったようだ。

しかしながら、そのマイナスを差し引いても、俺の心はプラスの感情で浮き立っていた。当然だ。みんなで作ったこのチームで、世界屈指の強豪チームと思う存分戦えるんだ。ワクワクしないわけがない。

「絶対に勝とうぜ」

「当たり前でしょ、あの女のヘッドに風穴開けるまで私は負けないわ」

「俺もだ。あの勘違い赤髪男の尻に新しい穴を開けてやらねば」

「ふふっ！　……これだけ話題性があれば再生数五百万はかたいです……！　タロイモくん、魅せプレイよろしくです！」

俺のセリフに対して、思い思いの感情を吐露する仲間たち。若干殺意高めで腹黒いのはご愛嬌だ。

あと一時間後にはグループａの試合がはじまる。

俺たちは作戦を再度確認する為、控え室の扉を開いた。

＊　＊　＊

簡易的な控え室、用意されたテーブルに座る俺たち四人。

今回、公式大会に参加しているチーム数は六十四チーム。そこから十六チームずつ、ａ、ｂ、ｃ、ｄグループに分けられている。

勝敗を決めるのは二種類のポイント。

生存順位が一位に近いほどポイントがもらえる順位ポイントと、１キルにつきポイントがもらえるキルポイントだ。

生存順位一位のチームに１０ポイント。二位は６ポイント。三位は５ポイント。四位は４ポイント。五位は３ポイント。六位は２ポイント。七、八位はそれぞれ１ポイント。

そしてキルポイントとして、１キルに付き1ポイント入る。

グループで４ラウンド戦い、それぞれのグループ内で合計ポイントの高い上位四チームが決勝に臨むことができる。

一日目はそのグループ予選。まずはここを突破しなければ、俺たちはｃグループに属しているＶｏＶと戦うことすらできないのだ。

「じゃ、ポジション発表するぞ」

ジルの会社から提供してもらったタブレットをたぷたぷとつつきながら、俺はａグループ予選を戦い抜くポジションを発表する。

「アタッカー、ジル」

「御意」

最前線（アタッカー）。

撃ち合いで、キルをとることがメインの仕事になる。

各チームでエイムや一対一のスキルが高い選手が任される。時には体を張って、他チームのヘイトを買ったり、デス覚悟で不利な戦況に飛び込んだりと、非常にタフなポジションだ。

野球で言うところのピッチャーや四番。ＲＬＲの花形的ポジションなので、有名なプロゲーマーやストリーマーはだいたいこのポジションを任されていることが多い。

ちなみに、赤髪のグライムもアタッカーだ。チームによっては四人中三人がアタッカーだったりするところもある。現に、ＧＧＧ　Ｐｒｏなんかは四人全員アタッカーだ。

「タレット、２Ｎ（奈月）」

「……了解」

砲台（タレット）。

主に長距離攻撃がメインの仕事になる。

アタッカーが撃ち合えないような距離や、建物にこもってのにらみ合いが続く時に攻撃し、戦況を変えるのがこのポジションの役割。アタッカーが突る時のサポートなども担う。

チームに優秀なタレットがいるだけで他チームからすれば相当な脅威だ。建物から不用意に頭を出せば抜かれるし、ダウンから蘇生させるタイミングは、アタッカーが撃ち合える距離まで接近する重要な時間稼ぎになる。キルスティール（他チームが気絶させた敵を、横取りする行為）もできれば、大会を勝ち上がる為に重要なキルポイントを稼ぐこともできる。

「スカウト、ベル子」

「任せてください！」

斥候（スカウト）。

チームから少し離れた場所で、主に情報収集がメインの仕事になる。

危険を冒してチームに有意義な情報を与え、尚且つ生存することが求められる。

離れた場所から生きて戻ってくる能力などが求められるため、索敵能力、車やバイクの操作技術、状況判断など、立ち回りが上手いプレイヤーがこのポジションにつくことが多い。

敵の斥候と、匍匐（ほふく）の状態ではち合わせたり、アタッカーと一対一になったりすることも珍しくないので、簡単にはやられないいずる賢さと、すぐに引ける抜け目のなさが必要だ。

「んで、俺は、バックアップ兼オーダー。よろしく」

後衛（バックアップ）。

アタッカーの後に続き、攻撃のサポートをすることがメインの仕事。

攻撃への参加、全方位から来る不意な奇襲への対応、アタッカーが倒された時に、バックアップが素早く敵を倒すことによって、チーム人数を保つことができる。

俺たちのチームに限って言えば、近距離が苦手な奈月、立ち回りの苦手なジル、撃ち合いの苦手なベル子、それぞれのフォローにオーダー。仕事量はかなり多くなるだろう。

けれど、俺がこのポジションを完璧にこなせば、このチームの火力はとんでもなくあがるのだ。

そして、司令官（オーダー）。

チームの全責任を負う司令官。

意思決定の最高責任者であり、チームの戦績がオーダーの能力によって十にもゼロにもなると言っていいほど重要なポジションだ。

状況に応じて作戦立案できる頭の良さや、ハートの強さ、限られた時間で素早い決断を下す事を求められる。

戦いの中様々な仕事をこなさなければならず、作戦が失敗した場合は批判をモロにくらうポジションである為、チームで最も負担の大きい役割とされる。

ＶｏＶのグライムなんかは、アタッカーでもあるけどオーダーがめちゃくちゃ上手い。

皇帝の勅命（エンペラーオーダー）とか厨二な二つ名までつけられちゃうくらい的確で完璧で激強な指示をだす。

ＶｏＶが強豪チームである理由のひとつとして、オーダーが上手い選手が多いというのが、真っ先にあげられる。それほどまでにオーダーというポジションは重要なのだ。

メンバーにポジションを発表し終えると、俺はタブレットを続けてたぷたぷし、何度と繰り返した文言をメンバーに伝える。

「サブオーダーはベル子、二人組で動く場合は、俺と奈月、ベル子とジルでなるべく動くようにする。戦況によってはジルと俺がアタッカー、奈月がバックアップ、ベル子がスカウト兼オーダーになることもあり得る。どんな状況でも冷静に、慌てず行動してくれ」

「任せろ」

「了解」

「わかりました」

時計に目をやると、時刻は午前十時四十五分をさしていた。

試合開始まであと三十分。俺たちはチームパーカーを羽織り、準備する。

「さすがに緊張するな」

少し笑いながら、俺が呟くと、奈月がそれに反応する。

「あら、アンタみたいな怪物でも、緊張するのね」

「……お前は俺のことを何だと思ってんだ？」

こんな時でもグサグサ刺してくるジャックナイフウーマンは不敵に笑う。

「世界最強の男で、私が一番倒したい相手」

奈月のセリフに、ベル子やジルも、パーカーを羽織りながら笑みを浮かべた。

「クイーンには、俺たちがついてる。俺たちにも、クイーンがついてる。どこに緊張する要素があるんだ？」

「ジルのいう通りです。みんなで戦えば何も怖くありません」

頼もしい仲間たちの顔、俺は何故か泣きそうになった。

「なぁ、アレやろうぜ、円陣」

円陣とは、運動部がよく行う試合前に肩を組みながら声を出して、気合いを入れたり緊張を緩和したりするアレだ。

「ったく……しょうがないわね」

奈月は少し恥ずかしそうに、ジルは笑みを浮かべて、ベル子はやれやれと言った雰囲気で、肩を組み始める。

この試合に到達するまで、本当に色々あった。

仲の悪すぎる幼馴染が、俺が五年以上ハマっているＦＰＳゲームのフレンドだったり、超人気配信者と一緒に、非公式だけど世界記録を更新したり、ガチホモの別荘で奈月と喧嘩したりと、本当に色々あった。

頼もしい最高の仲間たちに、視線を送る。

「やれることは全部やった。あとはこのゲームを思いっきり楽しむだけだ」

一同がコクリと頷いたのを確認して、息を吸った。

「さぁ、しまっていこう」

四人の掛け声が、控え室にこだまする。

気持ちが引き締まるのを確認して、俺たちは控え室を後にした。

＊＊＊

ライトが眩しい。

天井から吊るされている多面型モニターには、今回参加するチーム名が順番に表示されていた。

通路に待機していた選手たちは、音楽が鳴り始めたと同時に、入場を開始する。

それと同時に、観客席から大きな歓声があがった。

「２Ｎさんマジでクールビューティッ！　俺のヘッド抜いてぇぇええ！」

「ベル子様かわいいよぉおおお！」

「きゃーっ！　ジル様かっこいいーっ！」

俺たちのチーム（俺を除く）に歓声が集中しているのには理由があった。

ａグループには、運良く海外勢は参加していなかったのだ。

ＧＧＧはｂグループ。

ＶｏＶはｃグループ。

ｈｅａｖｅｎはｄグループ。

強豪チームは４グループにうまいことバラけていた。ここにグライムやらルーラーがいたなら歓声を根こそぎ持っていかれてただろう。まぁゲームの勝敗には関係ないなら別にいいんだけどね。

俺に対して全くの無反応を貫く観客たちに若干落ち込みながらも、胸を張って先頭を歩く。

視界の端に、真っ白な女の子が大きな旗を振って俺の名前を叫んでいるような気がしたけれど、気の所為だろう。気の所為だと思いたい。

自分たちのデスクについて、ヘッドセットやマウス、キーボードなどの周辺機器の最終チェックを行い、ゲームを起動する。

気密性の高いヘッドセット内側にイヤホンをつければ、大音量で流れる実況や音楽もほとんど聞こえなくなった。

ａグループ、第１試合。開始の合図が、天井から吊るされているディスプレイと俺たちのモニターに表示される。

「……よし、行くぞ」

ゲーム開始と同時に俺はすぐさまマップを開き、飛行機の航路を確認する。

今回のラウンドは、通常マップを西から東へ横一文字に横切る航路だ。

「パターンＣ、作戦通り中央市街地から少し離れた監視塔付近の車を拾って、航路から離れた北東の街に行くぞ」

仲間たちの返事を聞いたのち、俺はすぐさま飛行機から飛び降りる。

今回のグループ予選において重要なことは、なるべく長く生き残ること。

キルを獲ることももちろん重要なんだけれど、最後の一人に残ればキル数関係なく、１０ポイント手に入るのだ。

これはキルポイントに換算すると、１０キル分のポイント。猛者が集まるこの大会で、二桁キル取りにいくリスクは冒せない。リスクを冒せば、それだけ交戦回数が増え自分たちがやられる可能性も高くなる。

１０キル獲るより、１キルでも最後まで生き残った方がポイントが高いのだ。

人が多い激戦区に降りれば物資が不足したまま敵と撃ち合うことになる。それはあまりにも運要素が強く、俺が好きなプレイングじゃない。

このゲームを勝ち抜くコツは、常に数的優位を保ちつつ、自分たちが有利な場所で交戦するということ。確実に堅実に、有利な状況で試合を運ぶ。

飛行機から飛び降り速攻で車を拾って、人がいない街まで向かい比較的安全な状態で物資を拾い装備を整える。

今回の序盤の試合運びの予定はそんな具合だ。

パラシュートが開き、目的地である監視塔付近の車庫が視界に映る。

まだ車は見えない。車の種類はランダムである為、まだ油断はできない。二人しか乗れない二輪バイクである可能性もあるのだ。

「半径二百メートルに敵はいません。中央市街地方面は、視認できる限り、２パーティほど降りてます」

ベル子が周りを索敵しながらパラシュートを開く。

中央市街地に2パーティ、多いな。

「四輪ならベル子が運転で予定通り全員で移動、バイクなら俺が運転でベル子が後ろ。奈月とジルは俺たちが車を探すまで近場の廃屋で物資を漁ってくれ」

「了解」

「オーケー」

パラシュートを外し、地面に着地する。すぐさま車庫を確認。運良く、予定通り車は車庫にポップしていた。

「良し、予定通り作戦を進めるぞ」

「運転します、乗ってください」

ベル子がすぐさま運転席に乗り、俺たちも急いで乗り込む。

ここからは時間との勝負。物資が多く建物の多い北東の街はプレイヤーに人気が高い。

今回の航路とはかなり離れている為、パラシュートで直接降り立つチームはいないだろうけど、俺たちと同じように車に乗って向かうチームがいる可能性も十分にあるのだ。

「俺は左を警戒、ベル子は正面、ジルは右、奈月は後ろを警戒してくれ」

短い返事を交わす。

並走するような車があれば、言わずもがな危険だ。

小さな情報でもすぐさまオーダーに伝え、作戦を少しずつ変化させていく。柔軟に敵に合わせてポジションも変える。俺たちのチームは弱点や強みが露骨な分、そういった連携は必須になる。

四人でいれば向かうところ敵なし、けれど一人でも欠ければ弱点が露骨なチーム。ジルがいなければ中距離の火力が不足、撃ち合いが弱くなるし、奈月がいなければ遠距離の火力不足、逆に敵から狙撃され放題になる。ベル子がいなければ全体の戦力そのものが大きく目減りするだろう。

野良マッチなら削れた人数でも勝負になる。けれどここは日本中の猛者が集まる公式大会。海外のトップチームには劣るとは思うが、油断も甘えも許されない。

そうこうしているうちに、運良く接敵せず北東の街に着いた。北東の街の一番北側、マンションが立ち並ぶ区画に車を止める。ここなら車を割られることもないし、後から来たパーティに後ろをとられることもない。

「ベル子」

「近くに敵はいません。全くの無音です」

名前を呼ぶだけで意図を汲んでくれるウチのスカウトが優秀すぎる件について……！

最速降りして車も最速で見つけてここまで来たから敵がいる方がおかしいんだけど、確認を怠るわけにはいかない。凡ミスでチームが致命的なダメージを負うことはよくあることなのだ。

「練習通り、なるべく早く装備を整えるぞ」

仲間たちは短い返事をして、すぐさまマンションに飛び込んだ。

武器のポップはランダムである為、すぐにお目当ての武器を拾えるとは限らないけれど、なるべく有利に試合を運べるよう工夫して物資を回す。

個という概念を捨て、群という概念を持って、行動する。

接敵回数の多いジルに、なるべくレベルの高いヘルメットや防具を渡し、遠距離において化け物級の強さを誇る奈月に、なるべくスコープを回す。

ベル子は戦わなくても居るだけで強いので、物資は後回しになる。その分、接敵した場合は俺がすぐさまカバーに入る手筈になっている。

一分かそこらで、俺たちはある程度戦える装備にまで整えた。

ここからは四人で固まり、建物を一つずつ探索していく。

ジルがまず入って、その後を俺がついていく。奈月とベル子は二人で隣の建物で待機して、建物をクリアリングした後、こちらに移ってくる。

常に周りを警戒しながら、それの繰り返し。

必要な物資を、必要な場所に供給。

敵の奇襲にも対応できるよう、数的優位を保ちつつ、石橋を叩きに叩いて行動する。

勝つ為には不必要なリスクは負わない。リスクを負う場合は勝つ為に必要なことだけ。

俺が口を酸っぱくしてみんなに言い続けた甲斐もあって、この手の連携は完璧と言っていいほどとれるようになっていた。

「止まってください」

急にベル子が声を上げる。

「南方向、車の音が微かに聞こえました。今は止まってます。足音はまだ聞こえません」

やはり来たか……。今回の安全地帯はマップの北側によっている。当然、俺たちがいるこの街も安地の中に入っている。物資が豊富なこの街に、敵がやってこない道理は無いのだ。

「練習して来たシチュエーションそのものだ」

「それでは、手筈通り行きましょう」

「任せろ。奴らをポイントに変えてやる」

「先走らないでよ？」

自信満々なジルとベル子、それをジト目でにらむ奈月。

練習は何度もやった。絶対に大丈夫。

俺はそう自分に言い聞かせて、指示をだす。

「ポジションを変える、俺とジルがアタッカー、奈月がバックアップ。ベル子がオーダー兼スカウト」

「了解しました」

「了解」

「俺とシンタローのコンビっぷりを全世界に配信する時が来たようだな」

「……油断すんなよ」

地形や敵の数によってポジションを変え、得意を押し付ける戦法。

これが俺たちの最大の切り札と言ってもいい。

今回の場合は道路を挟んだ中近距離の屋内戦。それに最適化されたポジションにする。

少し息を吐いて、ベル子は俺たちに指示を飛ばす。

「それではタロイモくんとジルは道路手前の三階建て、二階と一階に待機、奈月さんはその後ろのピンク色の屋根の建物に待機、私は足音を聞かれる前に道路向こうの三階建てに芋ります。万が一、私のいる建物に人が入ろうとした場合は奈月さんとタロイモくんが攻撃してください」

「了解」

「わかった」

「御意」

今回の立ち回りを簡単に説明するならば。

人間レーダーのベル子を向こうに芋らせて、俺たちは道路手前の屋内で待ち伏せ、ベル子が足音を聞いて、敵が無防備に道路を渡ろうとした瞬間、俺たちは立ち上がり敵を蜂の巣にする。

敵のわずかな車の音を聞き、粗方の場所を俺たちが把握していて、尚且つそれに対して対策を練っている時点でかなり有利。視界が本人視点のＦＰＳにおいてこの状況はほぼ勝ち確を意味している。

俺たちが伏せていて足音を立てなければ、当然敵は俺たちを視認できない。対して俺たちは、敵よりはるかに優れたスカウトが敵の居場所を事細かに教えてくれる。確実に無防備な状態で、敵に奇襲を仕掛けることができるのだ。

「足音、わずかに聞こえます。ここから先は絶対に動かないでください」

ベル子の指示に従い、動きを止める。

「距離、ゆっくり近づいてます。数は4、少しずつ建物を漁ってきています。道路にはまだ近づいていません」

ベル子の声に緊張がにじんでいた。オーダーの指示は、チームの結果にそのまま直結する。練習に練習を重ねたとはいえ、緊張しない方がおかしい。

「ベル子、信じてるぞ」

隣を見て、俺がそう告げると、ベル子は少しだけ笑みを浮かべた。

「距離二十、三人はまだ後方。一人が道路付近の水色の屋根の平屋で、道路向こうを窺っています。同じ位置で足音がぐるぐる回ってます。タロイモくんとジルは、南方向195に体の向きを合わせてください」

細心の注意を払って、視点だけわずかにそちらに向ける。

わずかにコトコトと音が聞こえた。けれど正確な場所まではわからない。相変わらずウチのチームの索敵は反則スレスレだ。

「敵一人、扉から出て道路に出ます。撃ってください」

すぐさま立ち上がり、索敵。

ベル子のオーダー通り、１９５方向を敵が中腰でこちらに向かっていた。

「流石すぎるぜ」

俺とジルはそう呟いて、引き金を引いた。無防備な敵は為すすべもなく溶ける。

キルログに、ジルの名前が入った。

「流石に王様(キング)は格が違ったな」

「ナイスだジル。だから早く頭隠せ」

「ジルに1キル。敵の名前はkeirc、所属チームは『四国連合』――日本のチームよ。多分そんなに上手くない」

ログ管理（キルログを確認して、敵の名前や、使用武器、誰が何人キルをとったかを把握する仕事）の奈月が確認する。ちなみに奈月は敵の名前と所属チームは全て暗記しているらしい。奈月の勝利への執念は良い意味で異常だ……。

「場所バレしたのでタロイモくんたちはすぐに私の方へ来てください。敵、他の三人はまだ後方にいます」

「オーケー、ポジションを変える。ジル、俺、奈月、ベル子、全員アタッカーだ。オーダーは俺に変更」

四対三、こちらには撃ち合い最強のジルと反則スレスレのベル子がいる。負ける要素は限りなくゼロに近い。

「そっちに寄る、ベル子は逐一敵の情報を流してくれ」

「了解です」

敵は道路向かいにいた俺たちを警戒して、すぐさま道路前の建物まで詰めてくるだろう。

その前に道路を渡りきって、ベル子がいる建物を囲むように芋る。

「西方向の三階建ての屋上、視認しました。奈月さん抜いてください。ヘッドワンパンでお願いします」

「言われなくてもわかってるわよ」

三秒と経たずスコープを覗き、レティクルを敵の頭に合わせて一発で抜く。

ズドンと重たい音が街中に響いた。

キルログに敵の名前が表示される。

「ナイスだ奈月」

「私が正確な場所を教えてあげたんです。これくらい当然です」

「相変わらずの変態エイムだな」

「ジル、アンタにだけは言われたくない」

気絶なしのオーバーキル。相変わらずとんでもないエイム力だ。

「残りは二人、ポジションを変えるぞ。俺とジルと奈月がアタッカー。ベル子がバックアップ。オーダーは俺」

「残り二人は、奈月さんがヘッドを抜いた敵の奥にある二階建てにおそらくいると思います。

足音が微かに聞こえます、遠くて詳細な場所まではわかりません」

「充分すぎるぜ。行くぞ、ベル子ばっかにいい格好はさせられないからな」

ジルを先頭に、俺と奈月は敵がいるであろう建物につめる。

「グレ入れるぞ」

手榴弾の安全ピンを抜いて、屋内に投げ入れる。時間を計算して投げ入れた直後に爆発するよう調整した。

窓ガラスを割ると同時に、手榴弾は大きな音を立てて爆ぜる。

「キルログ確認、敵一人ダウン」

奈月の声を聞いた瞬間に、すぐさま指示を出す。

「ジル、突るぞ」

「オーケークイーン。キングに続け」

敵が一人なら俺とジル二人で撃ち合えば確実に殺れる。

窓ガラスを割って入って速攻で詰める。二階まで駆け上がると、窓に手をかけて建物から飛び降りようとする敵の背中が見えた。

「悪いな」

背中にフルオートで弾丸を叩き込んだ。

手榴弾でダメージが入っていたのか、すぐさま敵は死体になる。

「キルログ確認、確殺入った」

「やりました！　ナイスですタロイモくん！」

「流石はシンタローだ、見事逃げる敵の背中を蜂の巣にしたな」

「それすげぇ人聞き悪いんだけど」

緩む気持ちをすぐさま引き締めて、チームに指示をだす。

「……とりあえずこれで１パーティ殺った。敵の死体をすぐに漁って街の北側に戻るぞ。銃声やキルログ見られて俺たちの方に寄ってくるチームがいるかもしれない」

「……噂をすればなんとやらです。車の音がします。街の東方向です」

ベル子の報告を聞いた俺はすぐさまマップを開き、安全地帯確認する。

「ど真ん中じゃねぇか……！」

良くも悪くも、安地は俺達がいる街を中心に表示されていた。

「……すぐに装備を整えるぞ、戦闘が続くことになるかもしれん」

「望むところよ」

「キルポイントが増えるな」

「私たちならきっとやれます！」

頼もしい仲間たちの声を背に、俺はマガジンを入れ替えた。

ラウンド2　無名のキルマシーン

「はぁ……はぁ……」

喉が乾く。

俺達が最序盤で向かい、そして物資を漁った街は、第3フェーズでも安地収縮で中心になり、あれから2パーティほど突ってきた。

ベル子が一回気絶、ジルは二回気絶したけれど、攻撃してきたチームをなんとか撃退し俺たちは街の一番西側のマンションに芋っていた。

「……キル数確認するぞ」

「2キル」

「1キルです」

「3キルだ」

俺が2キルだから、合計8キル。

ログ管理で把握しているこの町での敵の死亡数は十二。最初の敵と合わせて丸々3パーティ潰れたことになる。

公式大会で序盤からこれだけキルとれれば最多キル賞とか獲れちゃうんじゃないかってくらい戦闘民族してる。作戦立てた当初はこんなはずじゃなかったんだけどな……。

そして第4フェーズの安地収縮が終わり、次の安地が表示される。

「頼む……っ！」

こんだけリスク背負って戦ったんだからせめて、安地はこっちに寄って欲しい。

そう願いを込めて、マップを開く。

「……うわぁ……」

物の見事に安地は外れていた。

しかも川を挟んで大きく北西方向にずれている。長距離の移動に加え、橋を渡るというリスクを冒さなければならない。

「……ベル子、ガソリン拾ったか？」

「もちのろんです。拾ってます」

「なら速攻で移動するぞ。車は四台揃えたいところだけど……数が足りないな……俺と奈月、ジルとベル子の二台で行く」

「心得た。車をとってこよう」

「わかりました。車を回してきますね」

移動するべく行動に移るベル子とジル。けれど奈月だけは、マンションの中で何故かまごついていた。

「どうした……？」

「……いや、ログ管理で気になったことがあって……」

俺はすぐさま画面左上に表示されているキルログを確認する。奈月は神妙な面持ちで告げた。

「このstella（ステラ）ってプレイヤー……さっきから一人で１０キルしてる……」

「は……？」

日本の強豪が集まるこの公式大会で、たった一人で二桁キル？　……ありえない。

「何かの間違いじゃないのか？」

「いや……ずっと注意して見てたから間違いないわ」

いつも慎重な奈月が言い切る。

「使用武器は？」

「武器は途中から物資武器ばかり、ＡＷＭ（エーダブリューエム）とGroza（グロウザ）よ」

「殺意高すぎだろ……」

物資武器とは、ゲームの途中で飛行機から落とされる補給物資からのみ、手に入れられる強力な武器のこと。

対物（アンチマテリアル）ライフル、ＡＷＭ（エーダブリューエム）などはその最たる例だ。

最強のスナイパーライフルであり、レベル３ヘルメットでさえもワンパンで貫くことができる。

「そのステラってプレイヤーのチーム名は？」

「Kolangってチーム。韓国からのエントリーよ」

韓国……ＲＬＲ、いや、ｅスポーツという競技において、無類の強さを発揮する絶対王者。

ＲＬＲの公式大会においても、有名な大会は軒並み韓国が優勝している。あの常勝軍団であるＶｏＶですらも、韓国のプロゲーミングチームに優勝数では負け越しているのだ。

「韓国からの強豪チームは今回の公式大会にはエントリーしてなかったはずだろ……？　アジア圏からの参戦は『heaven』だけのはずだ」

「……事前にチームを調べたけど、『kolang』の情報はほとんど無かった。というか、ステラって奴以外は、最序盤でみんな死んでる」

「……ってことは、実質ソロで１０キルってことか……？」

「たぶんそう……だと思う」

思わずゲーム画面から目を離して奈月の方を見つめる。

「ありえない。そんな超絶技巧のプレイヤーが今まで無名のはずが……」

俺が言葉を続けようとした瞬間。

マンションが揺れ、ガゴンと鈍い音が聞こえた。すぐさま窓から音のした方向を確認する。

ボロボロの車がマンションの壁に激突していた。運転席に人影は無い。

「ッ！」

マンションを駆け上がる足音が聞こえた。

「クソ！　油断した！　奈月、屋上まで上がるぞ！」

「わかった！」

奈月の話に集中しすぎて、高速で近づいてくる車の存在に気づけなかった。

索敵担当であるベル子が居ればこんな醜態を晒すことは無かったんだろうけど、ベル子は現在、車を取りに行ってマンションから離れている。

ベル子に索敵を頼りすぎたツケが大事な公式大会でまわってきてしまった。

「敵だな、寄った方がいいか？」

「頼む。近づく時は細心の注意を払ってくれ」

ジルの心配そうな声に、そう返答する。

このマンションの周りには遮蔽物がほとんどない。万が一、敵がジルに気づいて攻撃すれば、防ぐ手立てが無いのだ。

幸い、足音は一つ。

三人で叩けば問題なく殺れるだろう。

「ベル子はそのまま車付近で待機、奈月はマンションの外を警戒しつつ、ジルの接近を援護、ジルが近づき次第第一階と二階で挟みうちするぞ」

「了解」

マンション内での戦闘は俺が得意とする所、本当は一対一でも負ける気はしないんだけどここは公式大会。不要なリスクは避けるべきだ。

屋上まで上がり、耳をすませて、敵の足音に集中する。

「……たぶん敵は二階でうろちょろしてる。俺が三階におりて敵の注意を引くから、奈月はジルの接近を援護してやってくれ」

「任せて。ジルがマンションに入り次第、攻撃ね？」

「そういうことだ。手堅く行くぞ」

俺はサブマシンガンを構えながら三階に突る。すると、二階から微かにピンを抜くような音が聞こえた。

「手榴弾か…ッ！」

すぐさま三階の東側の部屋に退避する。

二階から俺の居る三階の部屋まで手榴弾を投げることはできるけど、投げる角度や強さをセンチ単位で計算しなきゃならない。俺も手榴弾のピンを抜く。投げ物勝負なら引く訳にはいかない。

敵の位置を計算し投げる角度を調整していると、コンコンと手榴弾が壁に当たる音がした。

「……は!?」

まるで物理法則を無視したかのように下の階から転がってくる手榴弾。

敵の投げた手榴弾は階段の手すりにあたり、丁度俺の目の前に転がってくる。

「そ、それは俺の得意技だろ!?」

反射的にマンションの窓から飛び降りる。持っていた手榴弾は空中に投げ捨てた。

「ッ!!」

爆風が背中を襲う。俺はそのままマンションから落下して気絶する。

「シンタロー!?　大丈夫!?」

「すまん！　手榴弾でやられた……！　ジル、蘇生頼む！」

「任せろ、すぐに行く」

マンションに近づいていたジルが俺が気絶した場所に発煙弾を投げる。

「悪い奈月……！　そいつ手榴弾めちゃくちゃ上手い……！」

足音を聞く限り、敵は三階に上がったようだ。

「っ！　また手榴弾！」

奈月が苦悶の声を上げる。爆発音とともに、奈月のＨＰバーが少し削れた。

「今度は火炎瓶!?　閃光弾まで……！　鬱陶しい……！」

マンションの屋上で、アサルトライフルの音が響き渡る。

鈍い敵の射撃音を聞いてまたもや俺は驚愕する。

物資武器、Groza（グロウザ）。

「奈月逃げろ！　そいつがたぶんさっきのステラ（10キル）だ！」

「逃げろったって！　コイツめちゃくちゃ上手いんだけど！」

奈月の立ち回りは見えないけれど、足音や爆発音、銃声でなんとなく想像できる。投げ物を軸に敵の視界や聴力を奪い、敵に接近し、攻撃する。

その立ち回りを、俺はよく知っている。

「なんなのコイツ……！　まるでシンタローみたい……っ！」

心底嫌そうな声をあげて、奈月はマンションから飛び降りた。

奈月の時間稼ぎの甲斐もあって、俺は蘇生のインターバルを終え復活した。そしてすぐさまマンションから離れ、近くの二階建てに芋る。

「ジル、サンキュー……！」

「お安い御用だ。それでどうする？　敵はかなりデキるんだろう？」

今は奈月がステラを抑えている。けれど、奈月のＨＰバーを見る限り戦況は芳しくない。屋内戦は奈月が苦手とするムーブ。しかも、敵は俺と同じような投げ物で攻めてくる。やりにくいことこの上ないだろう。

「当初の予定を優先する」

俺がそう呟くと、ジルは声にならない悲鳴を小さくあげた。

「四人で移動するという道は……」

「無い。たぶんステラは本物だ。根拠はないけどそんな匂いがする。実力はグライムやルーラークラス、キルムーブというスキルだけならそれ以上と言っていいかもしれない」

奈月のＨＰバーが少しずつ欠けていく。なるべく早く決断しなければいけない。

「俺たちと同等、もしくはそれ以上の強い敵に出会った場合は一人を殿(しんがり)に残して残り三人は生き残ることのみに終始する。これは大会前に決めた俺たちチームのルールだ」

強く、言葉を発した。

「……なら……殿(しんがり)は俺が…！」

ジルは弱々しくそう答えた。けれど俺はその甘さを打ち砕く。

「チームで屋内戦が一番得意なのは俺だ。俺が戦う」

「ッ……シンタローはオーダーだ。お前がいなければ生き残れるものも生き残れない！」

ジルの言葉に同調するように、奈月も乱暴に言葉を吐き出す。

「そうよ！　あんなシンタローの紛い物、私たち四人でやれば……！」

四人で戦えば確かに勝てるかもしれない。

けれど、安地収縮がもうじきはじまるこの状況でそんな悠長なことは言ってられない。

俺たちは長距離の移動に加え、橋を渡るというリスクを背負わなければならないのだ。

移動が遅れれば遅れるほど、橋で検問（橋など、限定された道を通る車を待ち伏せして狙撃する戦法）しているパーティーに出くわすリスクは高くなる。

今大会で求められているスキルは生き残ること。今は少しでも順位を上げることを考えるべきだ。

戦いはこのラウンドだけじゃない。予選さえ突破できれば四位だっていいのだ。

「俺たちはもう充分すぎるほどキルポイントは稼いだ。あとはこのラウンドを八位以内に生き残ればいいだけだ。それだけで充分なスタートダッシュを切れる。ベル子の索敵があれば難しいことじゃない。ここで全滅のリスクを負う必要は無いんだ」

「でも……っ！」

強者を相手にしているにもかかわらず食い下がる奈月に、ベル子が語気を荒げて発言する。

「車持ってきました！　奈月さん！　ジル！　早く乗ってください！」

それと同時に俺はマンション内に発煙弾をいくつも投げ入れる。時々手榴弾も混ぜて。

屋上まで駆け上がる敵の足音が聞こえた。

……本当に抜け目のないやつだ。奈月と戦いながら、発煙弾と手榴弾のピンを抜いた音の違いまでしっかりと聞いてやがる。

「奈月！　ジル！　早く行け！」

俺はマンションに突りながら叫ぶ。

「…………ッ！　死んだら死刑だから！」

奈月はマンション一階の窓を割って外に出ながら、そう叫んだ。そして、俺と入れ違いに屋外へ出る。牽制ついでに屋上に火炎瓶を投げながら。

「タロイモくん！　強ポジとって待ってます！」

「クイーン……！　紛い物に負けたらディープキスの刑だからなッ！」

奈月とジル、そしてベル子は、車に乗り込み、そして発進させながら叫ぶ。

あいつら好き勝手言いやがって……。

「ふぅ……」

大きく息を吐く。

……まぁ、やるしかないよな。死刑もディープキスもごめんだ。

「さっきは油断したけど、今度はそう簡単にやられないからな」

孤立したマンションの中。無名のキルマシーンと、足音のみで牽制し合う。

足音の聞かせ合い。騙し合い。

ボクシングでいうジャブの応酬のようなもの。足音のみで相手との間合いを図り、攻撃の糸口を見つける。

「っ……！」

敵の足音を聞いて、思わず苦悶の声が漏れる。

足音、動き、手榴弾のピンを抜くブラフ。

どれをとってもステラは一級品だった。

「まずい……こいつ俺より強いかも……」

奈月たちと距離が離れ、無線（ボイチャ）が届かなくなったと同時に、俺は思わずそう呟いた。

＊　＊　＊

シンタローを街に置き去りにしてから、少し経った頃。

私たちは見晴らしの良い野山を、車に乗って、全速力で駆け抜けていた。

「五百メートル超えて、無線……切れました……」

ベル子がそう呟く。画面左上に視線をやると、シンタローのネーム部分が灰色に染まっていた。

生気を失ったようなこの色は、シンタローと無線が繋がらないということを意味している。

マップも同様に変化し、シンタローの居場所を示すピンが、灰色になって動かなくなった。

これはＲＬＲの他のゲームにはない稀有な特性。

無線（ボイチャ）が繋がるのは半径五百メートルまでというシステムのせいだ。

密林マップなら三百メートル、砂漠マップなら一キロ。雪原、通常マップであれば五百メートル。

チーム内で無線が繋がる範囲は決まっており、味方との無線の範囲外に出れば連絡は取れないし、居場所を示すピンも、無線が繋がっていた最後の場所で動かなくなる。

四人の無線距離を限界ギリギリまで伸ばし、伝言ゲームの要領で索敵範囲を広げるキルムーブもあるけれど生き残るということが最優先の今現在、やるべきことじゃない。

「っ……」

私はスナイパーライフルのマガジンを交換しながら、ため息を呑み込む。

私がもっと強ければ……！

屋内戦だろうと、ステラを問答無用で殺せるくらい強ければ……シンタローをおいていくなんて選択肢を選ばずにすんだのに……！

自分の不甲斐なさに、はらわたが煮えくりかえる。そんな私の怒気を察したのか、ジルがおもむろに口を開いた。

「……奈月、冷静になれ」

……冷静にならなければいけない。そんなことわかってる。わかりきってる……！

けれど、やるせない感情は、私の理性と相反して、さらに膨れ上がる。

「冷静になれ……？　この状況で……？　文字通りチームの要石(かなめいし)が抜け落ちたのよ？　そんなことも理解できないのであれば、ジル、アンタが冷静になるべきよ……！　アンタたちも薄々気付いているでしょうけどこのチームはシンタローがいなきゃ回らない。あいつが私を含め、全メンバーをケアして、尚且つオーダーまでこなしていたから突飛な作戦でも上手くいってたのよ……！　そのシンタローが今はいない。欠陥だらけの三人組で冷静でいられるわけないでしょ……！」

私は自分の不甲斐なさを、思わずジルやベル子にぶつけてしまう。

「……奈月さんは、私のオーダーじゃ、不安ですか……？」

「…………っ！」

ベル子の悲しそうで申し訳なさそうな声に、私は頭から冷水をかけられたように一気に冷静になる。

私は公式大会を共に戦い抜く、大切な仲間を無神経に傷つけたのだ。

「…………ごめん、ちょっと……言い過ぎた……」

敵を逃して、シンタローに尻拭いをさせ、さらにはチームの空気まで悪くする。……トロールにも程がある。今は大事な公式大会の初戦、冷静になるべきは明らかに私の方だった。

「……奈月、お前はふたつほど、思い違いをしている」

優しい声音で、ジルはそう呟き、そして続ける。

「世界中のＲＬＲプレイヤー、周知の事実であることをあえて、今、口にしよう」

「………」

うるさい車の音が、その瞬間だけ、不思議と消えたような気がした。

「シンタローは、死なないという一点において、絶対に誰にも負けない」

優しい声なのに、妙に説得力のある声音に、思わず息を呑む。

「そしてふたつめ、欠陥だらけの三人組は今日で卒業だ。初の公式大会……たとえシンタローがいなくとも、最後まで生き残れるということを証明するにはちょうど良い機会じゃないか」

ジルはわざとらしく、おどけて見せた。

「……そうですね！　あとでプレイ動画を見直した時にタロイモくんがびっくりするぐらいの連携を見せてやりましょう！」

発奮するベル子、それに呼応するように、温かい感情が胸の奥から湧いてくる。

「……ごめん、ジル、ベル子……ありがと……冷静になった」

「謝る必要はない。チームだからな。助け合うのは当たり前だ」

「奈月さんが泣いてお礼を言うくらいの神オーダー飛ばしてやりますよ！　……その代わりと言ってはなんですけど、今度私の動画に出演してくださいね？　もちろん顔出しで！」

ジルの尊大な態度に、ベル子の厚かましい態度に、私は何故か安心していた。……こんな気持ち、シンタロー以外じゃはじめてかもしれない。

「……このラウンドで一位になれたら……ね」

「言質とりました！　待ったはなしですよ！」

「いいからさっさとオーダー出しなさいよ、もうすぐ橋が見えるわよ」

「言われなくてもキッツイの命令してやりますよ。……それじゃ行きますよ……！」

橋が見える。ジルが呟いた。

「さぁ、しまっていこう」

シンタロー(最強)のいない戦いが、はじまる。

＊　＊　＊

ボロボロの車を乗り捨て、安地ギリギリの二階建てに駆け込む。

「な……なんとかなりましたね……」

「運が良かったわ……この家をとられてたら私たち確実に潰されてた」

「ピンチの後には必ずチャンスが来る。勝負ごとの鉄則だ。俺たちはリスクを冒したムーブを見事成功させた。橋からの流れは確実にこちらに傾いている。ここからが本当の勝負だ」

検問していた敵の攻撃を何とか回避し、橋を渡りきった私たちは、安地内二階建ての建物に芋っていた。

現在の安地収縮は三十秒後に終わり、それと同時に、新たな安地が表示される。

収縮が五回目を終えようとしているのにもかかわらず、まだ三十人以上ものプレイヤーが生存していた。

公式大会ではほとんどのチームが高配当の順位ポイントを狙う。この大会の場合は積極的にキルを獲りに行くよりも生き残った方がポイントが高いのだ。

この狭い範囲に、三十人。U18RLR公式大会の真骨頂。本当の生き残りをかけた戦いはここから始まる。

「タロイモくんの反応は未だありませんね……とにかく、ここまで来たら私たちだけで一位を狙う覚悟を決めましょう」

「……」

「……了解」

私はベル子の言葉に返答することができなかった。

シンタローと別れてから三分間の間、キルログを確認できていない。橋での戦闘やらそれ以外の立ち回りのせいでログ管理が疎かになってしまったのだ。

落ち着いてからは、ログを食い入る様に見つめていたけれど、シンタローの名前も、そしてステラの名前も、一切表示されていなかった。

未だ、どちらが生存しているかわからない状況。

シンタローが勝ったのか、負けたのか、あるいは両方安地外で死んだのか。

ログに名前が表示されるか、無線にシンタローが復帰するかしなければ、シンタローの安否を確認する術はない。

となりに座るシンタローの画面を見ようにも、デスクトップPCと、簡易的な衝立が邪魔をして、覗き見れないのだ。

「……奈月さん、大丈夫ですか……？」

「……大丈夫、そろそろ次の安地が決まるわよ」

ベル子にそう促して、マップを開く。心の乱れはエイムの乱れ。今は不安を、殺さなければならない。

私たちが負ければ、シンタローは、いなくなってしまう。

「……次の安地決まりました……」

「……なるほど」

ベル子とジルの残念な声を聞けば、次の安地が私たちにとって有利か不利かは容易に察することができるだろう。

私たちがいるのは、現在の安地の最も南西の二階建ての家。その家の周りは、半径五十メートルほどが平地なのだ。立っている遮蔽物も、木が三本、ぽつぽつと立っているだけ。

それだけならまだしも、そこからさらに道路を渡り、次の安地である北東の山上まで移動しなければならないのだ。車は爆発寸前、しかも、車の音を盛大にさせてこの家に突ったので、周りのチームにはほぼ確実に索敵されている。

何もない吹きっさらしの野山を、三人が無防備に移動すれば、間違いなく攻撃される。

文字通り絶体絶命。ほとんど死を宣告されたようなものだ。この状況で、一体どうすれば勝てるというのか。

「勝てます」

オーダーが、呟いた。

「……………え？」

「だから、勝てるって言ってるんです」

率直な疑問を、ベル子にぶつける。

「勝つって言ったって……この局面をどうやって……」

「策は今から考えます」

野球で例えれば、九回裏ツーアウトで五点差。

サッカーで例えれば、後半ロスタイムで二点差。

それほどまでに絶体絶命。

しかも敵はただの野良の集まりじゃない。正真正銘、厳しい予選を勝ち抜いてきた猛者たちなのだ。

「……どうやって？」

暗い声音でそう言うと、彼女は尚も平坦な声で続けた。

「奈月さん、このゲームに勝つために一番大事なことを忘れたんですか？」

「………」

「最後まで、絶対に諦めないことです」

「……そんな精神論が通用する程、このゲームは甘くない」

「けれど、諦めたら勝つ可能性はゼロになる。私は絶対に勝ちたい。勝率が限りなく低かったとしても、死んでも諦めたくないんです」

ベル子は、はっきりと、弱々しく、言葉を吐く。

「だって負けたら、タロイモくんがとられちゃうじゃないですか……」

普段明るい彼女からは、想像もつかないような不安そうな声だった。

「私はまだまだ、このチームでゲームをしたいんです……！　タロイモくんの実力を考えたら、たしかにＶｏＶに移籍した方が、タロイモくんの今後の人生にとって、大きくてプラスになることはわかっています……それでも……それでも……嫌なんです……！」

涙が滲むその声に、私の心も同調して、視界がにじむ。

「私は、このチームで、ずっといっしょに、いたいんです……！」

ベル子の声が、心に刺さる。ジルが続く。

「ベル子、よく言った。俺たちはＶｏＶに思い知らせなければならない。誰の仲間に手を出そうとしているかを。お遊びチームだと馬鹿にしたツケを、しっかりと払わせなければならない」

「……その為に必要モノは……」

「完璧な勝利。キルレも、キル数も、ノック数も、ダメージ数も、全てトップを獲る」

昂る殺意。

私はあの真っ白な女に、世界最強のスナイパーの頭に、風穴を開けなければならないのだ。

かけがえのないものを一瞬とはいえ、私はあきらめようとしていた。

シンタローの顔が、ベル子のむくれ顔が、ジルのドヤ顔が、脳裏をよぎる。

求めるべきは完璧な勝利。

ダイアモンドルーラーに、ＶｏＶに、思い知らせる必要がある。シンタローは私たちのチームだって。

勝たなきゃ、強くならなきゃ、一緒にいられない。

私はいつだってそうだった。なにも変わらない。

いつかシンタローよりも強くなる。こんなところで、挫けるわけにはいかない。

「……私にできるのは敵の頭を撃ち抜くことだけ、オーダー頼んだわよ」

「任せてください！　たった今思いついた良い作戦があるんです！」

ベル子は胸を揺らしてそう応える。ベル子のアバターは現実と同じように胸を極端に盛っているのだ。また少し苛つきかけたけど、我慢してベル子が立てた作戦に耳を傾けた。

＊　＊　＊

作戦に開始位置についた私たち三人は耳を澄ませる。

安地内のあちこちから銃声が聞こえて、キルログがものすごいスピードで更新されていく。

次の安地収縮にかけてこの激戦はずっと続くだろう。

私たちはこのどさくさに紛れて、向こうの山上にある小さな町に突らなければならない。

「それでは、行きますよ……！」

ベル子の合図を聞いて、私たちは発煙弾のピンを抜いて、できるだけ遠くに投げる。

「名付けて、煙の中をマラソン作戦です！　これぞ王道ムーブ！　投げ物こそ最強武器なんです！」

シンタローに毒されてしまったベル子を哀れに思いつつも、なかなか理に適った作戦だと私は思っていた。

発煙弾（スモーク）。初心者には、攻撃能力の無いただの投擲武器だと思われがちだが、玄人にとって、これほど有用な武器は無い。

何もない場所に、射線を切れる安地を生み出すことができる。こう文字に起こせば、如何に発煙弾が有用か伝わるだろう。それ以外にも味方がダウンした時や、敵の物資を安全に漁りたいときなど、活用場所は多岐にわたる。

「スモーク全部使い切った！」

「俺もだ！」

何もない平地に安地へ向かって真っ白な煙の道ができる。若干足りない部分もあるけれど今はコレが限界だ。私たちは一斉に走り出す。

「それじゃあ撃たれるまでは走って安地内に向かいます！　撃たれたら……頑張って避けてく

ださい！」

「要するに運ゲーってことね」

「敵から撃たれるということは、撃ち返せる場所に敵がいるということ、撃ち勝てばいいだけだろう？」

「ほんと脳筋ですね……でも今は心強いです！　しょうがないので私の分のキルは譲ってあげます」

作戦と呼べるかどうか危うい代物だと思っていたけれど、案外敵に攻撃されることなく、百メートルほど進んだ。ベル子がスモークを追加して、さらに進む。

今は敵も別パーティと接敵したり、ポジション争いで忙しいのだろう。

もしかしたらこのまま何事もなく山上の街まで突れるかもしれない。

「あと……すこし……！」

スモークの道が無くなる。残り五十メートルほど。あとは木の裏や岩裏を駆使して寄るしかない。

「……ッ！」

けれど、そんな甘い考えは、すぐに撃ち砕かれる。

「正面の山上！　岩裏に敵です！　数は二人！」

「任せろ！」

ジルが咄嗟に攻撃して一人気絶をとる。

けれど、もう一人の敵に攻撃され気絶する。

敵が二人いれば弾の数も二倍になる。いくら撃ち合いが強くたって数的に不利であれば負ける可能性は高くなる。向こうには遮蔽物があり、こちらは遮蔽物も何もない野原。いくら撃ち合い最強のジルでもそう簡単に勝てる状況じゃなかった。

「ベル子！　ジルを起こして！」

「了解です！」

敵の弾丸にＨＰを削られながらも、私はスコープを覗く。

息を止めて、引き金を引いた。

キルログに敵の名前が流れる。

「奈月さんナイスです！　岩裏まで走りますよ！」

ジルを蘇生し終えたベル子が叫ぶ。先ほど敵がいた岩裏なら安地から外れているけれど射線を切って回復できるはずだ。

「すまん、助かった」

「……謝る必要は無いわ。……その……」

「……仲間だからか？」

ジルは、私が言い淀んでいた言葉を、恥ずかしげもなく発した。

「……そう……それよ」

「なら訂正しよう。ありがとう奈月、助かった」

「……さっさと走るわよ！」

顔が熱い。こういうのは苦手だ。……まぁ、悪くないけど……。

目標の岩裏が見える。奥には安地内であろう山上の小さな町も見えた。

あと少し……！　そんなタイミングで、ベル子がまた声をあげる。

「今度は北西の木の裏に敵です！　二人見えました！　人数は確定できてません！」

速攻でエイムを合わせる。

「エイム合わせた。いつでも撃てるわよ」

「俺もだ」

「撃ってください！　この進路なら接敵はまぬがれません！」

ベル子の合図を聞いた瞬間、引き金を引く。ヘッドは外したけれど、胴体に入ってそのまま気絶が入る。どうやら敵もＨＰがかなり削れていたらしい。ジルももう一人を気絶させる。

「確キル入らず、もう一人か二人いるぞ！」

「了解です！　とりあえず岩裏まで走りましょう！　このままのＨＰでまた撃ち合えば確実に全滅します！」

私たちのＨＰバーは、三人そろって半分以下になっていた。

誰とも接敵しないことを祈りながら、息を切らせて走る。

岩裏まで、あと少し、あと十メートル……！

岩裏にいる敵の物資を漁って発煙弾を手に入れれば、あとはさっきと同じ様に山上の街に突ればいい。

数々のリスクを経て、ようやく勝機が見えてきた。

「ッ!?」

そんな私の考えは、またもや撃ち砕かれる。

弾丸が走っている私の肩を貫き、乾いた音が野山に響いた。

スコープを覗かなくてもわかる。山上の小さな街、一番手前の建物、そこにスナイパーがいる。

距離は二百か三百、銃を構える前に私はやられるだろう。

私があがけるのはここまで……悔しいけどしょうがない。

垂れる血を拭い進行方向を変える。私が死んでもジルとベル子さえ生き残ってくれれば、それでいい。

「ベル子！　ジル！　逃げて！　私が囮に……っ……？」

作戦を提言する前に、戦況が変わる。

山上の街の敵が死んだのだ。

「「え……？」」

ベル子とジルの声が重なる。

遠目だけれど手榴弾で敵が吹き飛んだのが見えた。

私はすぐさまキルログを確認する。そこには、私の絶対絶命のピンチを救ってくれたプレイヤーの名前が表示されていた。

「やっとですか！」

「まったく、さすがのキングもこの焦らしプレイには堪えたぞ」

安堵。高揚。形容しがたい感情が、心を包む。

「……遅いのよ……ばか……っ！」

「……待たせたな」

世界最強のプレイヤーが申し訳なさそうにそう言った後、濁流のようにキルログが流れた。

私たちに向けられていた敵意（ヘイト）は、一気に彼に向かう。

しかしその殺意は、世界最強にとって格好の獲物。次から次へと、丘上の街にいたであろう敵の名前が墓標に刻まれた。

武器種はサブマシンガン。日本屈指のプレイヤーたちが、たった一人のプレイヤーに次から次へと狩られていく。

「ほんと……腹が立つくらい強いわね……」

「私たちがあれだけ苦労した敵を……あんなに簡単に……」

「流石はクイーンだ」

「……お前らだって不利な状況じゃなきゃこれくらいやってのけるだろ」

敵味方入り乱れる乱戦。敵も、味方の足音か敵の足音か区別がつきにくい状況でシンタローは一人。自分以外の足音は全員敵と割り切れる状況は、彼が得意とするシチュエーション。

しかも屋内戦で街の周りは低地。狙撃される可能性は低い。

今のシンタローはまさに水を得た魚。飛び回るように建物の隙間を縫って敵を殺し、そして敵の気絶までも奪って、どんどんとキルを重ねていく。

「俺がヘイトを集める。その間にここまで詰めてくれ」

「お……おかしいです……タロイモくんがかっこよく見えます……！」

ベル子がまるで恋する乙女のような声をあげる。……まずい。

私の女の勘がけたたましく警笛を鳴らした。

「……っ！　シンタローは別にかっこよくないから！　パンツとか裏表反対に穿くし、ソックスとか別々の履いたりするし、とにかくダサいわ！　あと髪の毛ボサボサだし……勉強できないし、足も遅いし……！　ゲーム以外はほとんど無能なの！　目を覚ましなさいベル子……！」

「えっ……奈月さん？　ここ公式大会だよ？　全世界に配信されてるんだよ？」

「まったくしょうがないやつだなクイーンは……俺が毎日服を選んでやろう。安心してくれ、これでもトップデザイナーの息子なんだ」

「黙れジル。てめぇが俺にブーメランパンツを穿かせようとしたこと忘れてねぇからな」

不安だった気持ちが、一気に晴れる。シンタローがいれば……いや、四人で居れば、怖いものなんて、何もない。

シンタローのキル数がを超えたあたりで、私たちはようやく山上の街に到達した。

「そういえば、あの韓国のプレイヤーはどうしたんです？」

「俺より狙い上手そうだったから、射線合わせずに火炎瓶で焼いた」

「うわぁ……」

「うわぁとか言うなよ！　勝ったんだからいいだろ！」

三階建ての建物に芋る私たち。

残り人数は私たちを抜いて八人。

「さぁ、しまっていこう」


シンタローが合流し四人揃った私たちは一人も、欠けることなく。

初戦を第一位という最高の結果で締めくくった。

＊　＊　＊

歓声が鳴り響く。

観客席は、最終局面を迎え、撃ち合いが始まったゲームに熱狂する観客たちで溢れかえっていた。

「I cannot believe it so strong……（本当に……信じられない強さね……）」

私は、自前の銀髪を手で梳きながら、思わずそう呟いてしまう。

結成三ヶ月にして、シンタロー率いるUnbreakaBull（アンブレイカブル）は、すでに総キル数18を記録している。

私は、中央に吊るされたモニターを、食い入るように見つめていた。

屋内戦最強の男は、十八番である最速の決め撃ち（ブリファイア）で、敵をどんどん殺していく。

血飛沫で頬を濡らす彼を見て、言葉じゃ言い表せないような感情が込み上げてくる。

「やっぱり……しんたろ……欲しい……」

私は北米サーバーでは敵無しだった。年上のプロゲーマーにも、実力で負けたことは無かった。

そんな私が大会でもほとんど賞金が出ない国の、それもアマチュアの青年に、完膚なきまでに叩きのめされたのだ。

慣れないアジアサーバーで油断していたのもあるけれど、それを差し引いても彼は強かった。キルログで彼の名前を確認した時、下腹部に熱がこもるのを感じた。元々ファンだった彼に、殺されたのだ。悔しいけれど嫌な気分じゃない、不思議な気持ちになった。

メスの本能というやつなのかもしれない。

自分より強いものに、私はどうしようもなく惹かれてしまうのだ。

「ルーラー、そろそろ試合の準備するぞ」

隣から、グライムの声が聞こえる。彼は大きめのマスクで顔を隠していた。顔が売れていると大変だ。

「今いいところだから、邪魔しないで」

「情報収集なら明日にでもできる。それより今は、予選突破を優先するべきだ」

「予選なんて、簡単にクリアできる。問題はあのチームよ。私たちが研究していた時より数段レベルが上がってる」

「……まぁ、ある程度は強くなっているみたいだな。それでも俺たちの敵じゃないだろう？」

「あのチームは敵じゃない。けれど、シンタローは私たち四人で攻めても、勝率は五分五分よ。」

「……考えすぎだ。俺たち四人で撃ち勝てないなら、一体誰が勝てるんだ？」

「馬鹿ね、グライムは」

　顔をしかめるリーダーに、私は当たり前の事実を告げる。

「誰も勝てないから、世界最強（トップランカー）なのよ」

ラウンド3　シンタローの弟

「……疲れた」

インタビューを終え俺たち四人は選手控え室で昼休憩をとっていた。この休憩が終わればラウンド2が始まる。

俺たちは合計30ポイントの超高得点を叩き出した。

ラウンド1では、順位ポイント10、キルポイント20。

現在、二位（ステラ）に10ポイント以上の差をつけてぶっちぎりの一位だ。

「安地のせいで想定外のキルムーブしちゃったけど、次はもっと静かに立ち回ろうぜ」

「賛成です」

俺がため息を吐きながらそう言うと、ベル子がうんうんと頷いた。プレイスタイル的にもベル子は俺と近しいものがある。それ故に接敵回数が多くなるのは不安なのだろう。

「たしかにポイント数では大幅にリードしているし、危ない橋をわたたる必要も無いな」

「理想は5キルくらいで勝利すること、撃ち合いに絶対は無いし、ジルや奈月だって数的有利が崩されれば殺られる可能性が高くなる。けれど立ち回りには絶対がある。索敵チートのベル子が俺たちの立ち回りを絶対にしてくれるんだ。いいか、次は安全なムーブを心掛けるぞ」

「それはわかってるけど……アイツがいる限り難しいわよ……」

奈月が眉間にしわを寄せて呟く。

「ステラか……」

謎の超絶技巧プレイヤー。

ゲームが終わった後、すぐに大会のパンフレットでkolangというチームを調べたけれど、わかったのは韓国籍で、リーダーのステラ以外は初心者同然のプレイヤーということだけだった。

「数合わせの為だけに、味方チームを選別して、ソロスク同然で公式大会キルムーブ、そんな無茶をかましておきながら10キルという好成績を残した。控えめに言って化け物だな」

「けど……タロイモくんだってラウンド1で二桁近くキルしてます……！　数で押しつぶせばどうにでも……！」

「……正直、次勝てるかどうかはわからんぞ……実力は五分五分……いや、若干俺より向こうの方が撃ち合いという意味じゃ強いかもしれない」

「ゲーム中は詳しく聞けなかったけど、私たちと別れた後の奴のたち回りはどうだったの？」

俺は、ゲーム中の出来事を、簡潔に四人に伝える。

「俺と同じようなムーブだったけれど、撃ち合い、エイム、反動制御、索敵、どれをとっても一級品だった。個人じゃなくて、一チーム相手にしてるんじゃないかって錯覚するくらいにはレベルが高かったな」

「……私もその意見に概ね同意よ」

「じゃあどうするんだ？　無名とはいえ、シンタローレベルで強いのであれば、警戒しなければならないだろう」

ジルは足を組み替えながら、そう呟く。

それを聞いたベル子が、可愛らしいリュックからノートパソコンを取り出した。

「……とりあえず、さっきのラウンドのハイライトのデータはこのノートパソコンに入ってます。付け焼き刃ですけど、見ておいた方がいいですよね？」

「でかしたベル子。俺と奈月の情報だけじゃ心もとない。対策を立てられるかどうかはわからないけれど、見る価値は十分ある」

ノートパソコンを開いて動画ファイルを開こうとしたその瞬間。

ノックも無しに控え室の扉が開く。

「〇×△……！」

韓国語だろうか？　日本語ではない何かを口ずさむ、黒髪ベリーショートで、中性的な顔立ちの美少女が、控え室の扉を開けて、俺を見つめていた。

「……っ？」

そんな紛れも無い美少女は、あまり見覚えのないダブダブのユニフォームを着ていた。

「……すみません、日本語で喋らないとですよね……」

流暢な日本語。ユニフォームの裾を恥ずかしそうにぎゅっと掴んで、彼女は伏し目がちに自己紹介をはじめる。

「僕のハンドルネームはステラ、久しぶりですねお兄さん」

「!?」

俺たちは驚きのあまり言葉を失う。先ほどまで話していた最大の脅威が向こうからやってきたのだ。

あのキルマシーンが美少女であるという情報よりも、数段理解不能な情報に、俺は思わず間抜けな声をあげて聞き返す。

「お……お兄さん？」

「はい、貴方は僕のお兄さんです。約束通り迎えに来ましたよ。さぁ、こんな雑魚ども放っておいて、また僕といっしょに暮らしましょう？」

憂いを帯びた瞳で俺を見つめる彼女は、まるで舞踏会のような華麗なステップで、俺の懐に飛び込む。

美少女に抱きつかれるなんて最高のシチュエーションなんだけれど、今はただ恐怖しか感じない。

「ちょっと待ちなさいよアンタ」

黙っていられないとばかりに、奈月が俺と彼女を引き剥がす。

「さっきからなんなの……？　シンタローの兄弟は冴子（さえこ）さんしかいないはずよ、妹はいないわ」

俺が彼女に告げようとした事実を、奈月が代わりに告げる。

「……今世では、そうみたいですね」

「こ……今世？」

「僕とお兄さんは、生まれるずっと前、正確には百年ほど前の日本で、兄弟だったんです」

俺たち四人は呆気にとられる。彼女の言葉を何一つ理解できない。

「うわぁ……」

奈月は何か可哀想なものを見る目で、よくわからないことを言う彼女を見つめていた。

「悲しいことに今世は僕は韓国で生まれて、兄さんは日本で生まれた。けれどこのゲームが僕たちを引き合わせてくれた。動画サイトで兄さんのプレイ動画を見たとき、僕は前世の記憶を取り戻したんです。縦横無尽に戦場を駆け抜ける姿は星の輝きのようで、僕が前世で見ていた兄さんの背中と同じだった……戦争で生き別れた二人は、ようやく今世で巡り会えたというわけなんです」

まるで聖母に祈りを捧げるが如く、胸の前で手を組んで語りだす彼女。

「どうしよう、キャラが濃すぎて胃もたれしそうなんだけど……」

「タロイモくん良かったじゃないですか。こんなに可愛い妹ができて」

「良くねぇよ」

こういうの厨二病だとか、電波っていうんだっけ……？　とにかくジルを軽く凌駕するレベルで扱いづらいことは確かだ。

俺が大きなため息を吐くと、件の彼女は眉間にしわを寄せて衝撃の事実を口にする。

「……何を勘違いしているんですか？　僕は兄さんの妹じゃありません。弟です」

「ん……？」

「僕は男ですよ？」

「……は？」

放心状態の俺に代わって、ベル子が状況を整理する。

「……えーと、厨二病で電波でガチホモで男の娘ですか、すごいですね。キャラの大渋滞です」

ベル子は珍しいシチュエーションに配信者としての本能が掻き立てられたのか、鼻息を荒くして自称俺の弟を観察していた。こいつ……他人事だと思って……！

「黙って聞いていれば……ふざけるのも大概にしろよ……」

ガタンと音を立てて、椅子から立ち上がるジル。もう嫌な予感しかしない。

「前世だのなんだの妄想を垂れ流し、独りよがりな気持ちをシンタローに押し付けるとは……貴様、愛の意味を履き違えているようだな」

「いやお前が言うなよ」

「シンタロー止めてくれるな。こいつが男だとわかった以上引くわけにはいかない」

「ちょっ、マジでやめて話がややこしくなるから……！　取っ散らかるから……！」

ジルの尊大な態度が鼻についたのか、自称俺の弟であるステラ……くん？　も、にらみをきかせて呟く。

「日本の自動小銃の王様（ARキング）ですか……僕と兄さんの絆にケチをつける気ですか？　ぶち殺しますよ？」

「兄弟の絆など問題にならないくらいに俺とシンタローは深く繋がりあっているのだ。わかったならさっさと部屋から出て行くんだな」

男だとわかった途端目の色を変えてバッチバチに張り合うジルを尻目に、俺はなるべく優しい声音で、彼に話しかける。

「と……とりあえず、す……ステラ……くんでいいよな？　今日の所は帰ってくれ、君もラウンド２の準備があるだろ？」

「兄さんに会えたんだ、もうこの大会に出る意味なんて……ちょっ！」

「はいはい、出口はあっちですよー」

俺は強引に、彼を押し出そうとする。

彼の胸に手を当てると、予想だにしない感触が右手を襲う。

「ひゃっ！」

「は……？　なんか柔らかかったんだけど……」

男にはあるはずのない柔らかな感触。

彼は……いや彼女は、目に少し涙をためて、可愛らしくジト目で俺をにらむ。

「兄さんのえっち……」

「シンタロー……殺されたいの？」

頬を赤らめるステラと同時に、なぜかブチギレる奈月。

「いや……違うんですよ奈月さん……！」

もう俺はただ怯える事しかできなかった。

「……ちょっとチェックしますね」

ベル子は、ステラのユニフォームの首元から手を突っ込んでまさぐりはじめる。

「……ぁ…っん！」

妖艶な声をあげる俺の自称弟。じっと見つめていると、奈月に足を思いっきり踏まれた。

「な！　何をする痴女め……!!」

「ベル子、報告を」

恐る恐る、ウチのチートすれすれスカウトに指示を飛ばす。

「……奈月さんとおんなじくらいでしたね」

「馬っ鹿お前、それじゃ比較対象にならんだろ」

「アンタたち、どうやら本当に死にたいらしいわね」

奈月に二発ほど重たいボディーブローをもらって悶絶。息ができねぇ……！

「……す、ステラくん……君は男の子なんだよね……？」

「前世では、筋骨隆々の日本男児だったぞ！　兄さん！」

「……今世は？」

「……男だ！」

「もう個性が強すぎてどう扱えばいいかわっかんねぇんだけど」

「僕は兄さんにどう扱われても嬉しい。けれどもし要望が通るのであれば、粗雑に扱ってもらえるとなおのこと嬉しいぞ」

「オマケにドMとかとんでもないレベルの変態だな」

「っ……！　早速ご褒美とは、さすがは兄さんだな！」

「誰か助けて……」

性別不詳で自称弟に、髪の毛が真っ白になるレベルでストレスを感じていると、開けっ放しの扉の方から、聞き覚えのある声が聞こえた。

「しんたろ……うわき……？」

試合直前でPCをセッティングしているはずのダイアモンドルーラーが、例の如く瞳のハイライトをキャストオフして俺を見つめていた。

「白いの、アンタ何度言えばわかるの？　他チームが私たちの部屋に来ないで。不正行為として運営に報告されたいの？」

「２Ｎ、ぬーぶ。ふうふは、おなじへやで、ねる。じょーしき」

「寝言は寝て言えクソガキ」

「であれば！　兄さんと夫婦である僕が、兄さんと寝食を共にするのは当然だな！」

「……なにこの、くろいの。きもい」

「概ねアンタとおんなじこと言ってんのよ」

そして訪れる混沌。

ベル子は三人の衝突に巻き込まれないよう、部屋の端でひとりジェンガをしていた。羨ましい。

「…………」

殺し合いを始めんとする勢いで罵り合う三人を眺めつつ、俺は無言でスマホの通話アプリを起動し、大会運営に連絡を入れる。

一分と経たずやってきたグライムや大会運営チームに、ステラとルーラーは連行されていった。

ラウンド4　泥酔した世界最強

「はぁ……」

大きなため息を吐く。

試合開始から二十八分が経過し、残りチーム数が早くも2チームのみになった現在。俺たちは立ちはだかる現実を前に、眉間にしわをよせていた。

「……まるで歯が立ちませんね」

日本の若き侍たちは、北米最強のキルムーブにより為す術もなく次々と狩られていった。

ＶｏＶの立ち回りは意図してかお粗末だけれど、撃ち合いに関してはやはり世界レベルでたとえ不利な状況に陥っても異次元のエイム力で敵のヘッドを撃ち抜き、なかったことにする。

日本のプレイヤーが立ち回りで優位をとっても、強ポジをとっても負けてしまう。

『お前たちとはそもそもの地力が違いすぎる。早く降伏しろ』そう言わんばかりにＶｏＶのオーダーグライムは、チームメンバーに他チームへの突貫を指示する。

少々リスキーなキルムーブを敢行したにもかかわらず、チームメンバーは一人も欠けていない。そして、ＶｏＶの総キル数はすでに２０を超えていた。

「……どうやら、皇帝の名を冠するに値する実力のようだ」

「……まぁまぁの強さね」

敵意高めの彼らは強がる。正直言ってまぁまぁどころの強さでは無い。

文字通りお遊び程度のムーブで、日本のプレイヤーたちは次々と殺されていくのだ。

グライムが本気でオーダーを出せば、もっとレベルの高い立ち回りを演出するだろう。

おそらくこの予選は俺たちが見ていると言うこともあって、わざと実力を出し切ろうとしていないのだ。想定していた以上の実力の差。手の内を晒さずこの強さ。

……今現在の俺たちの実力じゃVoVの一人を削ることすら難しいかもしれない。

「世界には、こんなに強いプレイヤーがゴロゴロいるんですか……？」

「……あぁ、U18という枠を取っ払えば、ルーラーはまだしもグライムレベルならザラにいるだろうな」

「そうですか……」

ベル子は俯いてメモに緻密に書かれていた作戦の八割方を斜線で消していく。

ベル子が試合前に、対VoVを想定して立てていた作戦は先程cグループの日本プレイヤーたちに試され、そしてことごとく失敗した。

「……また、超高速エイム(クイックショット)……！」

奈月が苦しげな声をあげた。

最終安地は遮蔽物のない野原。敵との距離は近距離(クロスレンジ)にもかかわらず、ルーラーは武器を持ち換えない。

愛用のM24(スナイパーライフル)で次々と敵の頭を吹き飛ばしていく。

奈月が、三秒で確実にヘッドショットを決める正確性に特化したスナイパーなら、ルーラーはエイムの速さに特化したスナイパー。

スコープを覗いた瞬間に勝負は終わり、彼女の純白の肌（スキン）に弾は一切届かない。

エイムの速さなら、ルーラーは奈月を遥かに凌駕する。

時間にすれば一秒にも満たない差だけれど、ことＦＰＳにおいてその差は絶対。

状況はイーブンでスナイパー同士が勝負すれば、エイムが速いほうが勝つ。簡単な理屈だ。

「……ッ」

食い入るようにルーラーのプレイ画面を見つめる奈月。

北米最強のスナイパーは、そんな彼女に見せつけるように、最後も超高速エイム（クイックショット）で勝負を決めた。

「奈月……」

声をかけると、奈月は視線を床に落とす。

「……わかってる。ルーラーを意識するのは予選を突破した後、でしょ」

「あぁ」

ＶｏＶは間違いなく強敵だ。しかし、彼らのことばかり意識しても予選突破ができなければ意味がない。

「予選なんかでつまずいてられない」

奈月の瞳は、静かに燃えている。

「白いのは、私が倒す」

頼もしいフレンドをしり目に、予選ラウンド2に備えて、俺はパーカーに袖を通した。

＊　＊　＊

「あぁ～疲れた～」

夕日が、ホテルの窓から俺の頬を照らす。

一日目、ラウンド2を終えた俺たちは、夕飯をすませて、用意されたホテルの一室で羽を伸ばしていた。

俺たちは女性が二人もいる珍しいチームなのでホテルの部屋は特別に二つ用意されている。広い四人部屋で俺とジルはくつろいでいた。

ラウンド2はラウンド1と同様に通常マップでの試合だった。最大の懸念事項であるステラが早々に落ちたこともあり、ラウンド1の様な予想外の展開にはならず、堅実にゲームを進めることができた。

結果は、一位。

キルポイントはほとんど稼げていないものの、ラウンド2を終えた時点で俺たちは４３ポイント得点している。

まだ油断はできないけれど予選突破はなんとかできそうだ。

「シンタロー、ユニフォームのまま寝転ばないで、しわになるでしょ」

「……ん」

ベッドに寝転んでいると、奈月に肩をたたかれる。せっかくのユニフォームにしわをつけるのも申し訳ないので、素直に脱いで奈月に渡す。

黒いシャツ一枚になって、改めて俺はベッドにダイブした。

「勝ったからってていちゃつかないでください、砂糖吐きそうです」

ベル子が机でノートパソコンをカタカタしながらそう吐き捨てる。

「べ、別にいちゃついてなんかないわよっ！　そう……これはアレよ……！　シンタローは寝汗すごくて汚いから気を利かせてあげただけよ！」

「なんでお前、俺が寝汗すごいって知ってんの……？」

「っ……！　たまたまよ！　たまたま！」

奈月は結構ポンコツだけれど、俺のことになるとかなり勘が鋭かったりする。

やっぱりコイツ、俺のこと結構好きなんじゃね？

「こっち見んなキモい」

ですよねー。生暖かい視線を奈月に向けると、プイッとそっぽを向かれた。

仲が悪すぎる幼馴染に容赦なく傷つけられていると、扉がガチャリと開く。

大きな紙袋を大量に持ったジルが、大きなため息を吐きながら部屋に入ってきた。

「なんだよその紙袋」

「……お菓子とか、手紙とか、たぶんそういうのだ」

「なんでお前がそんなもん持ってんの？」

「もらったんだ、試合終わりにな」

「誰から？」

「……自分で言うのも恥ずかしいな、まぁ……俺のファンの方たちからだ」

「はぁ!? 俺そんなん貰ってないんだけど!?」

反射的に奈月とベル子の方を向く。

「お……お前らも貰ったのか？」

「まぁ、ジルほどじゃないですけど、紙袋ふたつ分くらいは貰いましたね」

「ま……まぁ、ベル子はトップ配信者（ストリーマー）だしな、そりゃ貰えるわな……奈月は？」

一縷の望みをかけて、奈月に問う。

コイツ見てくれはかなり良いけど性格はヤベェほどツンツンしてるからな、あんまりファンとかつかなそうだ。

「私、見知らぬ人の作ったものってどうしても食べられないのよね。だから丁寧に断ったわ」

奈月の返答に絶望する。チームのリーダーでありながら、世界総合ランキング一位でありながら、俺だけまったくファンがつかない。

「……なんで俺だけ貰えないんだよ……っ！　世界最強だぞ……っ！　もうちょっとチヤホヤしろよ……っ！」

ベッドの上で泣き崩れていると、ジルが持っていた紙袋の中から一際豪華な紙袋を、ふたつ俺に渡す。

「安心しろ、シンタロー。お前にも匿名でプレゼントが届けてあったぞ」

「おおっ……！　お前それを早く言えよ！」

俺はベッドから飛び起きて、ジルから紙袋を受け取る。

「タロイモくんにプレゼントを贈るなんて、変わった人もいるもんですね」

「はぁ？　プレゼントをもらえなくて落ち込むであろうシンタローに、わざわざチョコレートを贈るなんて超優しい女の子に決まってるじゃない」

「……なんで奈月さんが中身を知ってるんですか……？」

「っ……たまたまよ！　たまたま！」

小さいけれど、高級感溢れる黒色の紙袋。ベル子もジルも、興味有り気にこちらを覗き込んでいた。なぜか奈月はそわそわしてる。

紙袋を丁寧に開けると、奈月の予想通り中から綺麗に包装されたチョコレートが出てきた。

「奈月すげぇな、エスパーかよ」

「……わ、私くらいのスナイパーになると、これくらいできて当然よ！」

「スナイパーすっげぇ」

俺は早速包装を剥がして、チョコレートと対面する。

丁寧な包装からか市販のものかと思ったけれど、原材料やら商品名やらが書かれたバーコードがついていない。どうやら手作りの様だ。

「この時期に手作りチョコレートとか、なかなか攻めましたね」

「し……シンタローは甘いもの好きだし、ちょうど良かったじゃない！　ね！　シンタロー！

嬉しいでしょ！」

「おう、もちろん嬉しいぞ」

「やった！」

「……なんで奈月さんが喜ぶんですか……？」

「な……なんのことかしら？」

「……白々しい」

下手くそな口笛を吹く奈月を尻目に、俺はチョコレートを一粒手にとって、口に運ぶ。

「どう……？　美味しい……？」

「なんだか不思議な味だな」

「不味いの……？」

「いや、美味しい……けど……なんだか……頭がぼーっとする味だな……」

体がふわふわと浮いている様な、妙に心地よい雰囲気が全身を包む。

姉ちゃんが開けたお酒を間違えて飲んでしまった時のような、そんな感じだ。

「奈月さん何を入れたんですか？」

「なんで私に聞くのよ！」

意識が朦朧とする。俺はそのまま、ベッドに倒れこんだ。

「おい大丈夫か!?」

「た、タロイモくんが奈月さんのポイズンクッキングによって死んじゃいました！」

「わ、私は知らないわ！　悪いのはほんの少しお酒入れた方が美味しくなるって言ったママよ！」

「やっぱり奈月さんが作ったんですね……」

「ほ、本当に料理酒をほんの少し入れただけなの……！」

「タロイモくんどんだけお酒弱いんですか……」

頭がぽかぽかして、奈月達の言葉がうまく聞き取れない。なんだか、良い気分だ。

テンション上がってきた。

＊　＊　＊

「うぃ～ひっく……！　俺は脱ぐぞぉ……っ！」

ベッドの上で、くねくねと変なダンスを踊りながら服を脱ぎ始める私の幼馴染。

「タロイモくん完全に出来上がっちゃってるじゃないですか……！　一体どんなお酒を入れたんですか!?」

「た、ただの料理酒しか入れてないはずよ！　度もかなり低いはずだけど……」

目が据わったシンタローが私の方を向く。次の瞬間、彼はとんでもないセリフを吐いた。

「奈月、お前可愛すぎるだろぉ……！」

「……へ？」

「奈月、お前可愛すぎるだろぉ……っ！」

幼馴染の言葉に、私は鳩が豆鉄砲をくらったような顔になる。

頬が熱い。自慢じゃないけど、私は可愛いとよく言われる方だと思う。だから異性が発するそういった言葉には慣れていると思っていた。

けれど、その憶測は、シンタローによって瓦解された。

同じ台詞でも言う人間が違えばこうも威力が変わるのか。

言霊の真意について私が真剣に考えていると、目が据わった幼馴染はさらに爆弾を投下する。

「なんなんだよ……！　隣の幼馴染が超絶美少女とかどこのラノベだよ……勘違いしちゃうだろ……ふざけんな……っ！」

「べ……別に、そんな可愛くないし……！」

「はぁ!?　お前が可愛くないなら全人類超ド級のブサイクだわ！　ふざけんな！　お前の可愛いところ今から百個余裕で言えるくらい可愛いわ！　萌えの集合体すぎるわ！　俺の幼馴染が世界ランク2位の凄腕スナイパーでツンデレ美少女とか臭すぎるなろう小説かよ……！　最高……！」

「べ……ベル子！　スマホの録音ってどうやるんだっけ!?」

「奈月さん落ち着いてください」

私の可愛いところを羅列し始めるシンタロー。これ以上は心臓が破裂して死に至る可能性があるので、ベル子と一緒にシンタローを拘束しにかかる。

「奈月……俺とお前ってさぁ、昔、結婚の約束してたよな……」

「えっ……」

昔、たしかに私とシンタローは結婚の約束をしていた。子供ながらに婚姻届を自作して赤いインクで拇印まで押してある。その婚姻届は、今もママが大切に保管している。もしもシンタローが別の女とくっつきそうなものなら、ママが出るところに出るらしい。心強い。

「奈月さん手を緩めないでください」

腐ってもシンタローは男。女である私の拘束なんていともたやすくすり抜けてみせる。

……勘違いしてはいけない。今、シンタローは酔っ払っている。

コイツは自称敏感系天然ジゴロの鈍感ラノベ主人公なのだ。歯の浮くような台詞を平気で吐いて捨てるのだ。

むしろ強気で言い返すくらいの気概がないとダメだ。

「結婚の約束、あれってまだ有効だよな？」

「もちろんよ」

「奈月さん、ツンデレキャラ忘れてますよ」

シンタローの真剣な声に魔法でも込められているんじゃないかってくらい抵抗できなかった。

「あ、いや違くて！」

「違うのか……？　そうだよな……奈月みたいな美少女が、俺みたいなクソ芋プレイヤーなんかのことを好きになるわけないよな、ごめん」

「なんでそうなるのよ……！」

「やっぱベル子にするわ」

「ちょっ！　こっちにこないでください！」

「ベル子かわいいよベル子」

「ぎゃーっ！」

ベル子にルパンダイブを決めようとするシンタローを拘束する。

「えっ……ちょっ……痛いんだけど……腕折れそうなんですけど……！」

おかしい、さっきまでまったくシンタローに力で敵わなかったはずなのに今ならこのクソラノベ主人公の腕をへし折れそうな気がする。

「クイーン、さっきから聞いていれば俺を差し置いて結婚だと？　ふざけるな！　俺とお前は一生を共にする仲だろう……!?　それを蔑ろにして他の輩に浮気など……！　重罪だぞ！」

珍しく熱くなるジル。この変態は熱くなるばかりでシンタローを拘束しようとはしない。本当に役立たず。

「はぁ……ジル、お前は何もわかってねぇな」

熱くなるジルに、シンタローが反応する。

「俺とお前が一生を共にする？　何を今更当たり前のこと抜かしてんだよ、馬鹿かてめぇ？　俺の親友はお前だけだよ、一生一緒に決まってんだろ、出直してこい」

「シンタロー……」

ジルの瞳が、まるで恋する乙女のようにキラリと輝く。

油断していた隙に、シンタローは私の拘束を抜けて、ベル子に覆いかぶさる。

「酒臭いです！　離れろです……っ！」

「ベル子……俺はお前がいなきゃただの芋プレイヤーなんだよ……お前の索敵がなきゃ、敵と満足に撃ち合えない体になっちまった……責任とって俺と一緒の籍（チーム）に入ってくれ」

とんでもないことを抜かす私の幼馴染。

こいつ、さっきまでは私に歯の浮くようなセリフを吐いていたくせに……ベル子の返答次第では立ち回りを変更する必要がある。

「……子供を養うには、やはりお金が要ります。まぁ、タロイモくんの稼ぎ次第ですね」

「シンタロー退いて、そいつ殺せない」

「……冗談ですよ奈月さん、こんなタロイモこっちから願い下げです、だからその右手に持っているガスガンしまってください。それ人に向けちゃダメなんですよ？」

私は見逃さなかった。酔っているシンタローとはいえ、ベル子はまんざらでもなさそうな態度、雰囲気だった。女の勘というやつかもしれない。ベル子の濡れたような態度に私の勘はけたたましく警笛を鳴らしたのだ。

「奈月さん、とりあえずタロイモくんを拘束しましょう。ジルも手伝ってください。こんな状態を大会関係者に見られたら大変ですからね」

「……たしかにそうね」

ベル子の提案により、一時休戦する。

ホテルで泥酔事件など、大会失格どころか学校に連絡がいくまである。

「任せろ、シンタローを組み伏せるのは得意中の得意だ」

ジルを主導に、シンタローをベッドに拘束する。なぜかジルが持っていた拘束具やらを駆使したので、楽に捕まえることができた。

「これで一安心です」

「……この光景を見られただけでも十分やばそうね」

「ベッドに磔にされたシンタロー、悪くない」

ガッチガチに拘束されたうちのリーダーを放心状態になりながら見つめていると、背後からガチャリと扉が開く音がした。

＊　＊　＊

「……っ」

頭が痛い……。

目を開けると、ボヤけた天井が見える。

たしか……俺は、ファンにもらったチョコを食べて……それで……。

体を起こそうとする。

「……は？」

ジャラリと音がなった。視線を音のなる方へ向ける。

皮のリストバンドに、重たそうな鎖がついた拘束具が、俺の手首に装着されていた。

「なんじゃこりゃぁ……っ！」

無理矢理体を起こそうにも、足も手も、鎖がジャラジャラ音をたてるだけでまったく動かない。

「俺が気を失っている間に一体何が……まさか、過激派のファンが俺を拉致しようとして……！」

パニックを起こしそうになる。俺は動く首だけをなんとかおこして、あたりを見渡す。

「ふぇ……？」

信じられないようなものが視界にうつった。

奈月がうつ伏せで、俺のお腹の上に寝そべっていたのだ。

俺が驚いた理由はそれだけじゃない。起きている現象自体は、それ以上でもそれ以下でもないのだけれど、問題だったのは、そのうつ伏せになっている彼女の格好だった。

「ぶ……ブラの紐が……！」

ヨレヨレになったTシャツに、かなり丈の短いホットパンツ。

Tシャツの首元からブラジャーの紐がチラリズムしていた。

かなり際どい格好にもかかわらず、奈月は可愛らしい寝息をたてている。

まずい、これじゃ奈月の胸が俺にあたってしまう……！　というか現在進行形であたって……ないな……。

あたっているには、あたっているのだろうけど、これといって特別な感触はしなかった。南無三。

「…………」

俺は今一度、状況を頭の中で整理する。

……よくわからんけど……奈月が起きたらたぶん殺されるな……。

際どい寝間着のような格好。さらによく見ると、彼女は右手にガスガンを握っていた。

ガスガンを握りながら、拘束されて身動きとれない俺の上で寝る幼馴染。

マジでわけわからん。

なぜこんな状況になっているかはともかく、奈月の機嫌をそこねれば、俺は抵抗することもできないまま八つ裂きにされるだろう。それだけはなんとしてでも避けなければならない。

「な……奈月さん……朝ですよ……？」

なるべく優しく声をかける。けれど奈月は微動だにしない。

次はどう立ち回ろうか悩んでいると、部屋の扉が静かに開いた。

まずい……こんな状況を第三者に見られれば恥ずかしいどころの騒ぎじゃない……大会失格だってありうるぞ……！

扉から入ってくるであろう誰かに対しての言い訳を必死に考えていると、今まで微動だにしなかった幼馴染がピクリと鼻を揺らす。

「奈月……！　良かった！　俺たちはうぐぁっ!?」

そこまでしか、俺は言葉を発することができなかった。

鼻がピクリと動いた瞬間、扉の開く音が聞こえた瞬間、奈月は俺の腹から飛び起きたのだ。

そして、まるで訓練された特殊部隊のように扉の方へとガスガンを向ける。

真剣な彼女の表情を見るに、飛び起きた反動で俺の股間を蹴り上げたことは知る由もないだろう。やばい死ぬほど痛い……！

「誰？　ルーラーもしくはステラであれば問答無用で射殺するわよ」

とんでもなく物騒なことを抜かす俺の幼馴染。

俺はその台詞の真意を確かめたいと思ったけれど、痛みのあまり口が思うように動かなかった。

「奈月さん……私です、ベル子です……」

聞きなれた猫なで声が聞こえる。

部屋に入ってきたのは、ルーラーでもステラでもなく、どうやらベル子だったらしい。

「なんだ、ベル子か……驚かせないでよ」

「……それはこっちのセリフだ……っ！」

「あらシンタロー、ようやく起きたのね」

不機嫌モードではあるけれど、どうやら俺に対して敵意は無いらしい。

痛みをこらえて、状況説明を奈月に求める。

「とりあえず……何が起きたのか教えてくれ……」

「……やっぱり何も覚えてないのね」

ジト目で俺をにらむ奈月。またオレ何かやっちゃいましたか……？

「まぁいいわ……」

ため息を吐きながら、俺の拘束を外す奈月。

奈月の服装に関して何か指摘した方がいいか迷っていると、ベル子がにやにやしながら口を開く。

「奈月さん、その格好はナニかあったんですか？」

「へっ……？　あっ……！」

ベル子の指摘に、一瞬で顔が真っ赤になる奈月。

ナニがあったのか説明してもらいたいのは俺の方なんだけどな。

「シンタローのえっち……」

すそを恥ずかしそうに押さえながらボソリと呟く幼馴染。

すこし機嫌がいいのか、ぶん殴るというコマンドを奈月は選択しなかったようだ。

「えっちでもなんでもいいけど……とにかく説明してくれ……」

俺がそういうと、奈月は拘束を外しながらいそいそと説明しはじめた。

「――――――という訳よ」

「……なるほどな」

自由になった手首をさすりながら部屋を見渡す。ジルが床で眠りこけていた。

ジルが着ている軍服っぽいコスプレや、装備しているガスガンを見れば、俺が気を失っている間に起きたことの壮絶さを少しだけうかがい知ることができた。

奈月から聞いた、俺が気を失っている間に起きたことを端的に説明すると。

ファンからのプレゼントであるチョコレートを食し、酔っ払って眠りこけた俺。

そんな無防備な俺を性的な意味で襲おうとするルーラーとステラ。

夜中だろうが、扉に鍵がかかっていようが、御構い無しに突ってくる彼女らに対して、奈月とジルは俺を守るべく、この部屋でさながら公式大会決勝戦のような激戦を繰り広げたようだ。

奈月やジルはその途中で寝落ちしてしまったらしい。

「ほんと大変だったんだから！　……言っとくけどアンタの上で寝てたのはたまたまだからねっ？　たまたま寝落ちたのがアンタのお腹の上であって、別に匂いを嗅いだら安心して眠くなっちゃったわけじゃないんだからねっ!?」

あわあわと説明する奈月。それに対して、冷静にベル子がツッコミを入れる。

「奈月さん、寝起きでさらにポンコツになってますよ」

「うっさいわようさぎ女！」

「とにかく、そろそろ準備しないと試合に間に合いませんよ？　ほらジルも起きろです」

ジルの尻を蹴り上げつつ時計を確認するベル子。こいつって何だかんだチームで一番しっかりしてるよな。

色々あったみたいだけど、大事な公式戦二日目がもうすぐはじまる。気持ちを切り替えなければいけない。

「うし……二日目も頑張るか……」

そう言いながら、俺はベットから立ち上がろうとする。けれど、視界がぐらりと逆さまになった。そのまま俺はベットに転がる。頭がズキズキと痛んだ。

「やばい……体が思うように動かないんだけど……」

「……まさかタロイモくん……二日酔いってやつですか……？」

波乱の公式戦、ＤＡＹ２が開幕した。

＊　＊　＊

「やべぇ……マジでエイムクソなんだけど……」

二日目の予選の入場を終え、俺はＰＣをセッティングした後、練習モードで今日の調子を確認していた。

結果は見ての通りのガバガバエイム。本調子が百だとするならば、今の状態は十くらい。絶不調も下回る勢いで、調子が悪い。

「すまん……今日の俺は撃ち合いクソ雑魚だ……」

後ろから俺のＰＣ画面を眺めていた仲間たちに告げる。

「ご、ごめんなさい……」

奈月は額に汗を浮かべながらそう言う。

「……なんでお前が謝るんだよ？」

おかしい。いつもの奈月なら「体調管理もできないなんて、アンタほんとにタロイモね」くらい言ってくるはずなのに。今日は何故かしおらしい。

「安心しろクイーン。撃ち合いは俺が担当するし、オーダーはベル子に任せればいい。いつも俺たちの為に無理してくれてるんだ。今日くらいはゆっくり休んでくれ」

「むしろナイス体調不良です。今大会はタロイモくんは目立ち過ぎです。今日は私が目立つちょうどいい機会というやつですね！」

もじもじしている奈月とは真逆に、自信あり気に胸をそらすジルとベル子。

ベル子のバインバイン揺れるマウントベルコに観客や観戦記者、選手たちは釘付けだった。

もちろん俺も例外じゃない。

「……なら、お言葉に甘えて、ベル子にオーダーを任せる。俺は今日はスカウトに専念させてもらう」

「任せてください。タロイモくん以上の結果を見せつけてやります！」

腰に手を当ててふんぞり返るベル子。

またもやマウントベルコが今にも噴火しそうな勢いでバインバインと活性化していた。

「頼んだぜ」

俺がそう告げると、ベル子は嬉しそうにはにかんだ。

このチームなら俺が撃ち合いに参加しなくても大丈夫だろう。

前日には1、2ラウンドとも一位をとり、さらにはキルポイントも多く稼いでいる。

仮に今日のラウンドの戦績があまり振るわなくても予選を突破できるほどだ。

まぁ予選3、4ラウンドを連続最下位とかなら欠落もあり得るけれど、ウチのチームに限ってそんなことは絶対にない。

「それじゃあ、ベル子がオーダーだと仮定して、作戦の最終確認に……って、ベル子？」

作戦の最終確認に移行しようと、ベル子に声をかけたけれど、ベル子は俺とは違う明後日の方向を見つめていた。

ベル子の視線をたどる。奈月もジルも、不思議に思ったのか、俺と同じ行動をとっていた。

ベル子が見ていた先は、選手でも、カメラでもない。

なんの変哲もない。ただの観客席だった。

「っ！」

「おい!?　どこ行くんだよベル子!?」

観客席をぼーっと眺めたかと思うと、急に走り出すベル子。螺旋状の選手席から降りて、簡易的な柵で区切られている観客席の方へ向かっているようだ。

制止を促す俺の声も全く耳に入らないほど、彼女は興奮しているようだった。

もうすぐラウンドが始まるというのに最終のミーティングまですっぽかして何処かへ行くなんて、いつも冷静で常識的なベル子とは思えない行動だ。

「ちょっと追いかけてくる」

「……試合開始までには絶対戻って来なさいよ」

「了解」

頭痛を堪えて立ち上がり、ベル子の方に向かう。

幸い、彼女はあまり遠くへは行かず、選手席と観客席の間の柵あたりでウロウロとしていた。

頭を押さえながらトロトロと走って、ようやくベル子に追いついた頃には、すでに彼女は落ち着いた様子だった。

「おい……べ……」

声をかけようとするけれど、反射的にやめてしまう。

ベル子の普段の明るい声とは似ても似つかない、とても悲しそうな声が聞こえたからだ。

「そんなわけ……ないよね……」

その台詞の真意を、俺はこの場で聞こうか少し迷ったけれど、簡単に踏み込んでいいような問題じゃないような気がしてベル子にかける言葉を変えた。

「ベル子、もうじき試合がはじまるぞ」

「……はい、ごめんなさい。戻ります」

ベル子はいつもの人懐っこい笑みを浮かべていた。

「……心配しないでください！　今日のラウンドMVP予定である超絶美少女配信者（ストリーマー）の私を、観客たちにアピールしに来ただけですから！」

俺の表情からいろいろと察したのか、彼女は気丈に振る舞う。

ベル子が話さないのであれば俺が無闇に踏み込むべき問題じゃないのだろう。

彼女の趣味嗜好は少し子供っぽいところがあるけれど、考え方や立ち振る舞いは誰よりも大人だ。

「あぁ、みんな度肝を抜かれるだろうな。ベル子のオーダーに」

「当たり前です、タロイモくん足引っ張っちゃダメですよ？」

「任せろ。斥候（スカウト）は元々俺が一番得意なポジションだからな」

軽口を交わし合いながら選手席へともどる。

心配そうにしていたジルと奈月も、ベル子の笑顔を見てからはいつものペースを取り戻していた。

今日で予選突破の十六チームが決まる。

世界大会への大きな足がかりを得る為、今大会はなんとしてでも優勝しなければいけない。

「さぁ、しまっていきましょう」

最終ミーティングを終えた後、ベル子は自信ありげにそう呟いた。

波乱のＤＡＹ２。

第３ラウンドが始まる。

＊　＊　＊

ベル子のオーダーに従って、試合を進めていく俺たち。

ＤＡＹ２は砂漠マップ。遠距離戦特化の奈月を、いかにうまく立ち回らせるかが勝負の鍵になる。

最初の降下地点は、あまり人気が無い南東の廃墟群。

物資の量も建物の雰囲気も悪くないはずなのに、地図上ではあまり目立たないせいか、降下する人数はあまり多くない。

俺たちは一刻も早く奈月にスナイパーライフルを持たせる為、物資を漁る。

ベル子率いる俺たちは、最も警戒すべきステラと接敵することもなく、かといってキルポイントを深追いすることもなく、確実な予選突破を目的とした堅実なムーブで動いていた……はずだったんだけど。

「ベル子！　やばいぞ囲まれてる！」

ジルの報告に驚く。先ほどまで、俺は敵と撃ち合わないよう細心の注意を払って、廃墟群に敵がいないか索敵していた。

ベル子、奈月、ジルは、俺の後ろからついてくるようなムーブだ。

今現在は、俺の索敵範囲外から運悪く敵が接敵した状況なのだろう。

それにしてもおかしい。足音が聞こえるほど近くに敵が接近しているのに、索敵チートであるベル子が気付かないはずがないのだ。

「ベル子、敵の位置は？　指示をちょうだい」

「この状況でもまだ俺たちなら撃ち勝てる、頼んだぞベル子！」

ジルと奈月が叫ぶ。

俺は急いでベル子の方へとカバーに向かう。撃ち合い雑魚とはいえ、いないよりはマシなはずだ。

結構なピンチだけれどベル子の索敵があれば、オーダーがあれば、なんなく切り抜けられるだろう。

「あれ……なんで……っ!?」

そう思ったのもつかの間、ベル子の不安げな声が聞こえる。

「足音が……聞こえない……っ！」

「え……？」

砂漠マップということもあって、索敵の距離をかなり伸ばして、ジルや奈月、ベル子のいる位置からおよそ八百メートルほどの距離に俺はいた。

ここからベル子たちへのカバーに向かうまでかなり時間がかかる。

「イヤホンが壊れたのか!?」

「も、問題ないはずです……けど、何故だか足音だけが聞こえないんです……！　前ははっきり聞こえたのに、今は全然……なんで……っ!?」

自分の最も得意な技術が使い物にならなくなったベル子は、声だけで慌てふためく様子が想像できるくらい取り乱していた。

俺はなるべく落ち着いた声音で声をかける。

「ベル子落ち着け。すぐにカバーに行くから奈月とジルに指示を出すんだ。絶対になんとかなる」

今の俺はエイムクソ雑魚だけれど仮にも世界最強(トップランカー)。俺のアドバイスに従っておけばなんとかなるだろう。と、ベル子が勘違いしてくれれば僥倖(ぎょうこう)だ。

不安という感情は、どのスポーツにおいても、選手の技術(スキル)を鈍らせる。

その不安を払拭する為ならば、一時的でも根拠の無い自信に頼るべきだ。

「わ、わかりました……！　奈月さん、ジル、とりあえず私の方まで寄ってきてください！」

いつものペースかはわからないけれど、とりあえずパニックから脱したベル子は、奈月たちにオーダーを出す。

それでもまだ、足音は思うように聴けないらしく、敵の後ろをとるのに悪戦苦闘していた。

……もし仮に、本当に周辺機器の異常ではないとしたら。

「…………」

いや、それは今考えるべきことじゃない。

今考えるべきことは、状況を整理して、被害を最小限にとどめること。

現時点での状況は、俺はチームから離れていてさらにエイムガバガバの役立たずで、ベル子は索敵できず奈月とジルは複数の敵チームに囲まれた状態。

「……ッ」

どうにかして現状を打開する策をひねり出そうとするけれど時間が足りない。

「すまん！　気絶とられた……！」

ジルが悲痛な叫びをあげる。キルログにジルの気絶を示すメッセージが流れた。撃ち合い最強のジルクニフとはいえ、数的有利を取られれば負けることは必至、ジルの強みは一対一の撃ち合いにある。その状況を、オーダーが作り出せなかった時点で負けは確定していたのだ。

精神的支柱の気絶に、ベル子はさらに落ち込む。

「ごめんなさい……私のせいで……」

「落ち込むのは後にして！　早くカバー頂戴！」

ベル子に奈月は発破をかける。

それと同時に、敵の死亡を告げるキルログも流れた。名前は2N。

奈月は、二チームに囲まれながらも、一人善戦していた。

「ッ……！」

奈月のＨＰバーがどんどん削られていく。

陣形を崩され、数的有利もとられ、尚且つ苦手な屋内戦。

これほど不利な状況で勝つなんて、土台無理な話なのだ。

「奈月さんっ!!」

敵を三人落とした後、ついに奈月は気絶をとられた。ベル子の悲痛な叫びが、砂漠にこだまする。

「……すまんベル子、待たせたな」

けれど奈月の決死の時間稼ぎのおかげで、俺はベル子と合流することに成功していた。

奈月とジルが死んだ北東の廃墟群から、少しだけ離れた南の三階建てに芋っている。

車で一気にベル子の方まで寄ったので敵に位置はバレているだろう。

数的有利を崩された今、交戦することは避けるべき。ベル子に逃げようと提案しようとする。

けれど彼女はいそいそと手榴弾を準備し始めた。

「敵は、たぶん向かい側の二階建てに芋っています」

「人数は……？」

「一人……のはずです。足音が、いつもと少し違う感じですけど、聞こえるんです……」

おかしい……。向かい側の二階建ては、俺たちのいる建物とそんなに距離は空いていない。

だから俺でも足音を聞けるはずなんだけれど、まったく足音は聞こえない。

嫌な予感がする。けれど、俺はその嫌な予感を何かの間違いだと思いたくて、ベル子に意見するのをやめた。

考えたくなかった。音が聞こえないのも、ただのベル子の一時的不調で、俺のいつもの思い込みだと、そう決めつけたかったのだ。

「わかった、二人で同時に手榴弾を投げるぞ」

手榴弾のピンを抜く俺とベル子。爆発時間を計算して、向かい側の建物に投げ込む。

放物線を描いて、俺の手榴弾は飛んでいった。

「……どうした？」

飛んでいった手榴弾はひとつだけ。ベル子は手榴弾を投げず、その場で右往左往していた。

爆発時間を計算するために、長いこと手に持ったままの手榴弾。

これ以上はまずい。

「ベル子ッ！　早く手榴弾を投げろッッ!!」

「あれ……手が……上手く……っ！」

俺は、この時点で、後悔していた。

ベル子の突然の不調。

足音が聞こえなくなり、さらには足音かどうかも怪しい幻聴まで聞こえ、そして、手榴弾を投げるという簡単な動作までも滞る身体的齟齬。

これはもう認めざるを得ない。

ベル子は今、イップスと呼ばれる状態に陥っている。

イップスとは、精神的原因などによりスポーツなどの動作に支障をきたし、突然自分の思い通りのプレーや意識ができなくなる症状のことだ。

主に野球やゴルフなど、動作が複雑なスポーツで多く見られる症状だが、電子競技であるeスポーツも、動きが複雑なスポーツという意味じゃ例外では無い。

「みんな……ごめんなさい……」

涙交じりの声が聞こえる。

その一言を最後に、無情にも手榴弾は爆発して、俺とベル子はその爆発にのみ込まれた。

＊　＊　＊

ＤＡＹ２、ラウンド３の終了後。俺たちは選手控え室で重くるしい空気に耐えながらポイント数の計算をしていた。

カタカタとキーボードの音が控え室に響く。

簡易的なテーブルをパイプ椅子に座って囲んでいる俺たちは、証言台に立つ容疑者のような気分でジルの結果発表を待っていた。

ラウンド３の結果は最下位だった。

ラウンド開始の出端で全滅したので当然と言えば当然。

けれど俺たちには二位と大きく差を開けるほどのポイントの貯金があった。最下位だとしても次のラウンドでまぁまぁの結果を残せば問題なく予選突破できると思っていた…………んだけど。

「俺たちの現在の順位は、四位。これまで二位あたりにつけていたチームや、ステラがラウンド3でかなりの好成績を残したせいで貯金は無くなった。次の予選最終ラウンド、上位をとらなければ予選突破は難しいだろう」

淡々とジルは事実を告げる。

ベル子もそして俺も不調な状態で一位を獲る。どれほど難しいことかは想像に難くなかった。

「ごめんなさい……私のせいで……本当に、ごめんなさい……！」

目尻に涙を溜めてうつむきながら呟くベル子。

俺が彼女の立場なら同じようにしたかもしれない。事の重大さを理解しているからこそ、俺は彼女に対してどう声をかければ良いかわからずにいた。

優しく声をかけるのも違うし責め立てるのも違う。

今まで大きなピンチはあったけれど、なんだかんだで俺たちは勝利を収めてきた。

けれど今回は違う。

ただ負けたのではなく、味方同士足を引っ張りあって負けたのだ。

実力で負けたのであれば気持ちの切り替えもできるし、次のラウンドでの対策も立てられるだろう。

でも、今回のラウンドは反省点さえも曖昧。

イップスに関しては、治療法が本人のストレスの原因に依存する為、明確な治療法というものが確立されていない。

大会は今日と明日。もし、本当にベル子がイップスであれば、今大会中に索敵能力を回復させるのはほぼ不可能といっていいだろう。

ベル子がスカウトとしての能力を失う。それはつまり、俺たちの火力の大幅ダウンを意味する。

ベル子が居たことにより、俺、奈月、ジルのキル数、生存率は跳ね上がっていた。

当たり前だ。敵の位置をセンチ単位で完璧に把握できるのだ。バトロワ系ＦＰＳにおいて、これほど重要なスキルは無い。

俺がもし、俺のチームを相手にするなら、間違いなく一番先にベル子を狙うだろう。それほどまでに彼女は特殊で、且つ、強すぎるのだ。

俺たちは、半ば反則クラスのスカウトの力を借りて、今の今まで無茶なムーブを繰り返してきた。本来ならば、角待ちやドア待ちを駆使してキルを稼ぐところを、敵に突撃して強引にねじ伏せてきたのだ。

何度も言うように、俺たちのチームは、たったひとりでも欠ければ、大きく戦力ダウンする。

初めて味わう。チームとしての挫折。

「アンタだけのせいじゃないわよ。シンタローを不調にさせた私の責任でもあるし、アンタの不調に気付けなかったチーム全体の責任でもあるわ」

ベル子の呟きに対して、奈月が珍しく優しげに声をかける。

俺が不調なのはファンから貰ったチョコレートにちょっぴりお酒が入ってたせいなので、奈月のせいじゃないと思うんだけど、この空気でそれを指摘する気にはなれなかった。

「奈月の言う通りだベル子。誰しも調子の悪い時はあるし、思うように結果が残せないことだってある」

ベル子はうなだれたまま、返事をしようとしなかった。

世界大会出場の為、誰よりも努力していたのは、他の誰でもない、彼女だ。

自分のミスでチームを瓦解させ、敗北の要因となってしまった。この事実を、誰よりも真面目で努力家の彼女が重く受け止めないはずがない。

俺のせいで与えてしまったオーダーへのプレッシャーは計り知れないものだったろう。

それに、試合前に見せた彼女の行動もストレスやプレッシャーを感じる要因だったのかもしれない。

「すみません、少しひとりになって冷静になろうと思います……」

そう言いながら彼女は立ち上がる。

次の試合開始まで二時間半ほど時間がある。

一時間もあれば、ベル子なら自分の気持ちに決着をつけるだろう。

「わかった、何かあったら連絡してくれ」

俺が彼女にそう告げると、彼女はコクリと頷いて控え室の扉を開いた。

「……ベル子、大丈夫だろうか……」

ジルが心配そうな声をあげる。すると、奈月が反応した。

「大丈夫よ、アイツなんだかんだで強いから」

ベル子はたしかに強い。メンタル面においては、ジルに次いで安定しているだろう。

……けれど、メンタル強いやつが決して立ち直りが早いとは言い難い。

嫌な予感がまた、脳裏を、薄い靄のように包んでいく。

「……ちょっとトイレに行ってくる」

「私も」

「俺もだ」

ベル子が部屋を出て少し経ったあと、図らずとも全員まったく同じタイミングで席を立つ。

どうやらみんな考えることは同じらしい。

嫌な予感に蓋をして、俺は酔いをさますためにペットボトルの水を勢いよく飲み干した。

＊　＊　＊

重たい足を引きずって、私は会場から少し離れた女子トイレに籠っていた。

大きな鏡の前で、自分の顔を見る。

「ヒドイ顔……」

目には大きなクマがあり、丁寧にしたお化粧も汗でところどころ色あせている。

登録者百万人をゆうに超える配信者(ストリーマー)の顔とは思えないほど覇気がなく、憔悴しきった顔だ。

「……」

自分の情けない姿を見ていると、瞳の奥の方からじわりじわりと涙が溢れてくる。

本当に情けない。

奈月さんも、ジルも、あのタロイモくんだって私に期待してくれていたのに、その期待を裏切るどころか、私のせいで最悪の結果を招いてしまった。

音を聞くことが、私の最大の武器であり、それしかできない生命線だったのに、今やそれすらもままならなくなってしまった。

索敵ができない私は誰からも必要とされないだろう。

チームからも、視聴者からも、ただの下手なプレイヤーとして扱われる。

このままじゃ、動画の再生数だって低迷するし、何より先ほどの試合の動画が出回れば私は死ぬほど叩かれるだろう。

何度考えても、自分がとんでもないことをしでかしてしまったという事実しか結論として出てこなかった。

「それも……これも……全部……全部…………もういっそ、あいつらが死んでしまえば……ッ！」

試合前の出来事を思い出し、思いの丈を叫ぼうとした。

けれどそれは突然の闖入者により、制止される。

「ベル子早まるなッ！」

ここにいるはずのない人。ＲＬＲ世界最強が、勢いよく私の腰にしがみついてきた。

「な……何やってるんですかタロイモくん……！　ここ女子トイレですよ!?」

「そんなの関係ない！　お前が死ぬとか馬鹿なことぬかすなら、俺はここで全裸になって社会的に死んでやるからなッ！」

「やめてください！　さっきのはその……言葉のあやというやつです！　勢いで言っちゃっただけですから！」

「お前がいないと俺はルーラーにだって、ステラにだって、グライムにだって勝てねぇんだぞ！」

「わかりました！　わかりましたから離れてください！」

鼻水と涙でぐちゃぐちゃになったタロイモくんをなんとか引き剥がす。私のユニフォームはタロイモくんの体液によってべとべとになっていた。

一瞬ぶん殴ってやろうかと思ったけれど、なんとかこらえる。

「で、なんで私がここにいるとわかったんですか？」

「ふつうにストーカーした」

「本当に社会的に殺されたいんですか？」

「仕方ないだろ、心配だったんだから」

タロイモくんの情けない顔を見ていると、先ほどの鬱々とした気分は良い意味でも悪い意味でも吹き飛んでしまった。

「何か悩みがあるんだろ。言えよ」

「強いていうなら、女子トイレにまでついてきたストーカー男が今の悩みですね」

「茶化すな、全裸になって泣きわめくぞ」

「自分の社会的地位を人質にとるのやめた方がいいですよ……？」

「ベル子は優しいからな、俺が社会的に死ぬようなことはしっかりと止めてくれるはずだ……はずだよな？」

「時と場合とお金によりますね」

「お前やっぱいい性格してるよ」

けらけらと笑う彼は、少しうつむいて、ボソリと呟く。

「試合前の観客席で、何があったんだ？」

「……っ」

不調になった原因を、的確につかれて、一瞬どもってしまう。

「あの時のベル子は、よくわからんけど、寂しそうだった……何かあったんだろ？」

「寂しくなんかありませんッ！」

思わず、大きな声で反発してしまう。

試合前の出来事を思い出す。あれさえなければ、私は平常心で試合にのぞめたのに……私の心の弱さが、甘えが、心に大きな隙を生んでしまった。

「……私は別に寂しくなんか……」

一人で生きると決めていたのに。

一人で妹を守って、誰にも頼らず、生きると決めていたのに。

「お父さんとお母さんがいなくたって、私は一人で生きていけるんです……寂しくなんかないんです……っ！」

言葉と一緒に、涙がこぼれ落ちそうになる。

観客席に、多額の借金を残して消えたお父さんとお母さんに似た人がいた。

たったそれだけのことで、足音が聞けなくなるほど手榴弾がまともに投げられなくなるほど私は大きく取り乱してしまった。

とんでもない額の借金を残してどこかに消えた私たちの親。

恨む気持ちはあっても会いたいという気持ちはまったくないはず。

なのに、それなのにお父さんとお母さんかもしれないという期待にも似たような感情に支配された時、それを観客席にまで行って確かめずにはいられなかったのだ。

さらに私は、観客席にいた夫妻が親ではないと知った時、ひどく落胆した。

もう二度と会いたくないし会う機会もないと思っていたはずなのに、会えないと再認識するとどうしようもなく悲しい気持ちになってしまう。

親を怨む気持ちと、親を求める気持ちが、私の中でせめぎ合って平常心ではいられなくなってしまう。

「そうか……」

目の前にいた彼は、少し悲しそうに、あいづちを打つ。

「ベル子はずっと、寂しかったんだな」

彼は、否定したはずの言葉を、悲しそうに肯定する。

「……寂しくなんか………っ！」

反論しようにも、言葉が上手く紡げない。

本当は知っていた。

何故、親がつくった借金を、わざわざ自分で返そうとしたのか。

何故、露出が多く不安定な配信者（ストリーマー）という職業でお金を稼ごうとしたのか。

何故、親戚に頼らず、妹と一緒に広いオンボロの家で二人暮らししているのか。

全部、全部。

「親だもんな、嫌いになれるはずねぇよ」

お父さんと、お母さんに、私を見つけてほしいから。

お金目当てでもいい、帰ってきてほしいから。

ただそれだけだったのだ。

＊　＊　＊

涙が落ちる音が聞こえた。ベル子は泣いている。

家族のために、必死に大人になろうとした彼女。

寂しいという感情に無理やり蓋をして、たった一人で、必死に頑張ってきたんだろう。

俺のしていることは、彼女の努力を踏みにじる行為なのかもしれない。

けれど、苦しそうにもがいている仲間を見捨てることなんて俺にはできなかった。

「ベル子……俺は、いや俺たちは、お前とずっと一緒だ」

俺には、ベル子の寂しさを埋めることはできない。

だけど、寄り添うことはできる。

彼女が苦しむなら、一緒に苦しんでやりたい。彼女が笑うなら、一緒に笑ってやりたい。奈月も、ジルも、絶対に同じ気持ちだろう。

「なに……かっこつけてるんですか……タロイモくんのくせに……っ」

そう言って、ベル子は少しはにかむ。

宝石のような涙を、目尻に溜めながら吹っ切れたように笑う彼女に思わず見入ってしまう。

「……そろそろ会場に戻るぞ」

少し照れくさくなって腕時計に視線を落とす。

時間は思った以上にたっていた。そろそろ会場に戻らなければ試合開始に間に合わなくなってしまう。

予選最終戦を不戦敗で負けるなんて前代未聞だ。それだけは避けなければならない。

「そうですね。……女子トイレで二人きりでいるところを誰かに見られでもしたら、確実にネットのおもちゃにされちゃいます」

すっごいしんみりした空気だったけれど、冷静に考えてみれば女子トイレに単身乗り込んで女の子を説得するなんて、傍目からみたらただの変態でしかない。

ただでさえ、あの紛らわしい動画（タロイモ、ベル子と同じ籍に入る事件）のせいで、散々ベル子ファンに叩かれまくっているのだ。これ以上叩かれれば今度は俺のメンタルが崩壊してしまう。

ベル子の手を引いて、女子トイレから出ようとすると、大きな何かにぶつかる。

「っ……すみません」

誰かにぶつかったのだと思って、俺はすぐさま顔をあげて謝る。

「……っ……？」

誰かにぶつかったという認識は間違っていなかった。

けれど、問題だったのは、そのぶつかった相手の性別や、容姿だった。

一言で表現するならば、太っている大男。

脂ぎった髪の毛は、乱雑にのばされており、ピチピチのＴシャツは汗でぴったりと体に張り付いている。ツンと鼻を刺す汗の臭いで俺は思わず顔をしかめてしまった。

そんな様子の俺を、大男はひとにらみして、すぐさまベル子のほうへ向き直り気持ち悪い猫なで声を浴びせた。

「ベル子ちゃん……僕を裏切ったの？　彼氏である僕を、裏切ったの？」

「ひっ……！」

この大男が発した一言で俺は察してしまう。

こいつ、ベル子のファン（過激派）だ。

言うまでもなく、ベル子はとんでもないくらいの美少女だ。その美少女が顔出しでゲーム配信していればこう言うタイプのファンも湧いてしまうのだろう。

ゲーマーというよりか半ばアイドルのような扱いを受けている彼女。

そんな彼女と限りなく近くに接近できるこの公式大会を、この大男は狙っていたのかもしれない。

怯えるベル子と、大男の間に立つ。

女子トイレの出口を塞ぐようにして立つ大男。外を見る限り、歩いている人はいない。それもそのはず、ここは会場からかなり離れたトイレ。試合がもうすぐ始まりそうな現在は、観客たちはとっくに会場の方へ足を運んでいるだろう。

「すみません、俺たちそろそろ試合があるんで」

なるべく大男を刺激しないように、ベル子の手を引いて大男の隣を通ろうとする。

けれど、大男の丸太のような太い腕で遮られた。

「お前、僕の彼女になに触ってるの？」

額に青筋を浮かべて妄言を吐く大男。

……いや、確認もせず、妄言と決めつけるのは良くないな。俺は一応、ベル子に確認をとる。

「なぁ、この人ってお前の彼氏？」

「そんなわけないじゃないですか……！」

俺の耳元で小さく叫ぶベル子。大男は、それを見て、さらに語気を荒げる。

「触るなっていってるだろ！」

「うおっ!?」

不恰好に拳を振り回す大男。それを間一髪でかわす。

大きな体躯から繰り出されるだけあってとんでもない迫力だった。

俺みたいなモヤシゲーマーが一撃でももらえば、速攻で気絶するだろう。

「ベル子怖い助けて」

大男の拳圧にビビりすぎて思わずベル子の後ろに隠れる。

「ちょっ！　女の子の後ろに芋るなんて流石にタロイモが過ぎますよ!?　私みたいな美少女といつも一緒にいるツケというやつです、潔く一発殴られてきてください……！」

「無茶言うなよ！　俺は一発でももらえば死ねる自信があるぞ！」

「こんな情けない世界最強はじめて見ました！」

やいのやいのとベル子と言い合っていると、大男が腕を振り上げて壁を叩いた。

歯をガチガチと鳴らして、大男はひどく興奮している様子だ。

「ねぇ、ベル子ちゃん。こっちにおいで……？　いつもみたいに僕と仲良くしようよ？　ね？

そんなタロイモなんか放っておいてさ……ね？」

これ以上、彼を刺激するのは得策じゃない。

ベル子に目配せをすると、彼女はコクリと頷いた。

ベル子ならば、お得意のリップサービスで、この大男の興奮を鎮めてくれるはずだ。

試合開始の時間は刻一刻と迫っている。そろそろ本気でやばい。

「あのぉ、そろそろ試合始まっちゃうんでぇ、消えてもらってもいいですかぁ〜？」

「ちょっとベル子さん？」

動画を撮る時のような甘ったるい声をあげるベル子。声音は可愛らしいけれど、発している言葉は中々に物騒だった。一瞬、大男を刺激したかと身構える。

けれど、大男はベル子の言葉の意味なんか全く気にしていない様子で、さらに妄言を垂れ流す。

「そうなんだね、ベル子ちゃんはタロイモに騙されてるんだね、わかった、すぐに僕が助けてあげる」

「タロイモくん……この生き物言葉通じないんですけど……！」

目を血走らせて、大男は腕を振り上げる。俺は咄嗟に、ベル子の前に躍り出た。

「ベル子下がれッ！」

大男の右腕が俺の顔面に勢いよくぶつかる。

威勢良くベル子の前に躍り出たはいいものの、ＦＰＳしか取り柄のないモヤシゲーマーの俺が脂肪のかたまりである大男に勝てるはずもなく、簡単に吹き飛ばされてしまう。

「ッ！」

「タロイモくん！」

何故か俺より痛そうな声をあげるベル子。そりゃ怖いよな。こんなやつに自称彼氏を名乗られるんだから。

親のことも……大切な家族のことも……俺たちのことだって……。彼女には背負うものがたくさんあるのに、これ以上、彼女のメンタルに負荷をかけるわけにはいかない。

「邪魔すんなよ、大事な試合があるんだ」

大男をにらみつけて立ち上がる。たった一発殴られただけなのに俺はすでに満身創痍だった。

我ながらモヤシすぎるな。

「……もういいです……もういいですから、逃げてください……っ！　私は大丈夫ですから……！」

ベル子はそういいながら、俺のパーカーの裾を握る。警察には通報しようとしない。

優しい彼女のことだ。警察を呼んで大事になれば、公式大会が継続されるかどうかも怪しくなる。そんなしょうもないことを考えて、通報を渋っているのだろう。

「何が大丈夫なんだよ……ふざけんな……」

「っ……」

「まともにマウスも動かせないくらい、泣いて息ができないくらい、お前は苦しんでるだろ……！」

血の滲む口元を拭って、思いの丈をベル子にぶつける。

「……ベル子は俺の仲間だ。お前がいないチームでたとえ世界一になっても、俺は嬉しくない」

後ろで息を呑むような音が聞こえた。

足音が聴けなくなって自分の存在意義を見失っているベル子に対して、俺が一番伝えたいことだった。

確かに初めは実力ありきでチームに誘った。

けれど今は実力だけじゃなくベル子と一緒に、奈月やジルと一緒に、世界一になりたいと思っている。

とんでもなく甘いことを言っていると自覚はしているけれど撤回する気は毛頭ない。

世界一に喧嘩売ってるんだ。こんなところでつまずくわけにはいかない。

「本当に……タロイモくんは、タロイモくんです……」

涙の落ちる音が聞こえた。最悪だ。

その音のせいで、これから何度殴られようと俺は立ち上がり続けるだろう。

興奮して目を血走らせているファン過激派。

自分よりも一回り以上大きい相手に勝てる保証なんてどこにもない。けれど何故か不思議と負ける気はしなかった。

何度も言うけれど、俺じゃ、勝てる保証は無い。

けれど、俺たちであれば、負ける気はしない。

「ベル子ちゃんは俺のものだぁぁああっっ！」

右腕を大きく振り上げる大男。

先ほどとは打って変わって今度は思い切り体重を乗せている。この勢いで何度も殴られれば俺の細い体は見るも無残な姿になるだろう。それでも、目を見開いて、大男をにらみつける。

どんなピンチに陥ってもベル子は俺たちを救ってくれた。

ベル子がいなきゃ、予選だって突破できなかったしチームだってバラバラになっていたかもしれない。

ピンチの時は、お互いにカバーする。四人組(スクワッド)で戦う時の常識だ。

ベル子がピンチであれば、後衛である俺がカバーに入る。ただシンプルに、それだけに終始すれば良い。

「……ッ」

パシン、と、乾いた音があたりに響く。

音で察しがつくように、俺が殴られた音ではない。

大男が振り上げた拳を、誰かが背後から掴んだ音だ。

「おい愚物、俺（キング）の仲間に、何をしている？」

ウチの前衛（アタッカー）と、砲台（タレット）が、大男の後ろに立っていた。

ジルは、見たこともないくらい怖い形相で大男の右腕を締め上げている。

大男は醜い声を上げて、その場にうずくまろうとするけれど、ジルの右腕がそれを許さない。

「……っ」

無言で大男とジルの隣をすり抜けて、ベル子に駆け寄る奈月。

「……何で、奈月さんとジルが……こんなところに……」

心底驚いた表情で、ベル子は奈月に問う。

奈月は表情を変えることなくさも当然のように答えた。

「別に、カバーに入っただけよ」

その言葉に、ベル子はさらに大粒の涙を流した。

ベル子がピンチならまずは俺がカバーに入り、それでも足りないなら、ジルや奈月がカバーに入る。

今まで何度も、何度も、繰り返してきた当たり前なのだ。

驚くことなんて、何もない。

……まぁ、種明かしすれば、ポケットの中でジルに俺が電話をかけていただけなんだけれど……。この変態は俺の体のどこかしらにいつも発信機をくっつけているので、異変を感じて駆けつけて来てくれたというわけだ。今回ばかりは、ジルの悪癖に感謝しなければならないだろう。

ベル子は、震える唇を開く。

「……すみません……ちょっとつらいです、助けてください……っ！」

「まかせろ」

「しょうがないわね」

「ＯＫ」

息を合わせるべくもなく。声を重ねて返事をする。

ベル子は少しだけ笑って、そして泣いていた。

「……奈月とジルがいれば安心だろ。ベル子のこと、あとこのファン過激派のことも頼んだぞ」

俺は重たい腰をあげて、ジルの隣を素通りする。大男はすでに戦意を喪失しているようで微動だにしなかった。

「一人で大丈夫？」

奈月の心配そうな声に、血の滲んだ唇を拭って答える。

「安心しろ、ちょうど酔いがさめてきた頃だ」

俺は駆け出した。

あと十分で、予選最終ラウンドが始まってしまう。

＊　＊　＊

息を潜める。飛行機からパラシュートで着陸し手頃な物資を漁った後、俺はいつものように部屋の一室で芋っていた。

「ふぅーっ……」

大きく息を吐く。

試合開始からの三分は走り続けてきたせいで乱れた呼吸を整えるために使った。

現在地はマップ上ではかなり北のほうに位置する、掘っ建て小屋が2軒ほど集まった粗末な場所だ。

予期せぬトラブルで、ベル子、奈月、ジルがいない今、四人組が原則のこの大会で今回のラウンドだけは単独で戦わなければならない。

はじめから数的不利というハンデを背負っている状態で敵と撃ち合うわけにはいかない。

立ち回りによって射線管理できる屋内戦ならまだしも、今回は遮蔽物の少ない砂漠マップ。嫌でも中距離戦や遠距離戦が多くなるだろう。

俺が生き残るためには『戦わないこと』が最も重要な戦術になる。

極論、１キルだけだとしても一位になれば何の問題もないのだ。

「はぁ……」

大きな溜息を吐く。これから俺がする立ち回りは俺がタロイモと呼ばれる所以になったムーブ。２Nさんと二人組を組まない場合によくやる、生き残るということだけに終始した戦術だ。

その生汚いムーブが、日本、いや、世界に同時配信されているとなると、ひどく胃が痛いのだけれど、仕方がない。

今回ばかりは、死んでも勝つ。ベル子も、ジルも、奈月も、みんな待ってる。

負ければ終わり、勝てば望みは繋がる。

「……」

少しの間、目を閉じて瞑想する。

体のあちこちは痛いけれど、頭は冴えているし腕も動く。

最初の安地が決まると同時に俺は動きだした。

＊　＊　＊

「ありえない」

私の隣で観戦していたグライムは、そう声を漏らした。

かくいう私も、真っ白な髪の毛を耳にかけてまばたきすらもなるべくしないようにして、しんたろのムーブを見ていた。

私たちは別にしんたろのキルやそういった派手なプレイングに驚いているわけじゃない。

もっと地味でそしてこのゲームで最も重要な要素。

しんたろの周りだけ、敵が全くいないのだ。

おそらくこれは偶然じゃない。意図的に彼が作り出した状況だろう。

敵が近くに寄ってくれば、チームの位置が事細かに記されたマップを見ているかのようにフラリとかわす。

彼の一挙一動は、すべて理詰めのように感じられる。どんなゲーマーだろうと、油断もするし、些細なリスクなら無視するだろう。けれど彼はそれをしない。

物資を漁る時も、ドアは開けたらすべて閉め、敵がいなさそうな場所でも、決して索敵を怠らない。

勝つ為に最善を尽くす。しんたろは、病的なまでにそれを徹底している。

「何故彼のまわりだけ敵が近づかないんだ……？　安地の中でも、シンタローのいる場所はかなり有利なポジションだろう」

「……私にもわからないわ……ただ言えるのは、この状況は、彼が意図して作り出したということだけよ」

そんなことをグライムと話していると、画面内のしんたろは不思議な行動に出る。

屋内の一室にこもり、得意武器であるサブマシンガンからショットガン、アサルトライフルから、スナイパーライフルに持ち替えたのだ。

「砂漠マップだから、スナイパーにプレイスタイルを切り替えたのかしら？」

遮蔽物の少ない砂漠マップにおいて、スナイパーライフルや、マークスマンライフルはかなりの威力を発揮する。

……けれど、ショットガンに関しては私にも理解できない。

砂漠マップの最終安地に屋内がカブるのは稀だ。

ショットガンは超近距離武器。使う機会すらない可能性が高い。

「何をする気……？」

そう呟いた瞬間、彼は、驚きの行動にでる。

「頭おかしいのか……ッ!?」

グライムがそう言うのも無理はない。しんたろは、ショットガンや、スナイパーライフルを乱射し始めたのだ。

あたりに銃声が響きわたる。

さらに彼は、すぐさまサブマシンガンとアサルトライフルに持ち替え、同じ様に乱射する。

独特な間隔をあけて、またさらに銃声が響きわたる。

ＦＰＳ後進国とはいえ、公式大会に出場するようなチームだ。この銃声を聞き逃すなんてヌーブはしないだろう。

案の定、彼のまわりにいた四チームは、銃声に気づき、彼の方向をスコープで索敵する。

「……このタイミングで位置をバラすなんて、殺しに来てくれっていってる様なものよ……」

誤射かどうかを疑うレベルのムーブ。

おそらく、すぐさま漁夫の利を狙ったプレイヤーたちがしんたろを取り囲むだろう。

いくら世界最強とはいえ、ソロで四チームを相手にするのは厳しい。

……しんたろはワザと敵を集めてポイントを稼ぐ様なプレイヤーじゃない。

なら……なぜ？　答えはすぐに、観客席に吊るされたモニターに表示された。

「敵が離れていく……？」

予想とは全くの逆。しんたろを中心に円が広がる様に、四チームは銃声から距離をとった。

絶好のチャンスであるにもかかわらず、だ。隣から、グライムが息を呑む音が聞こえた。何か気付いたのだろう。

「……本当、恐ろしいオーダーだよ、彼は」

「何が起きたの？　説明して」

私は砲台（タレット）、もしくは前衛（アタッカー）。司令塔（オーダー）の考えや気持ちはわからない。

グライムのオーダーはトップレベル。北米では彼の右に出るものはいない。司令塔同士、何かしんたろの考えを汲み取れたのかもしれない。

「演出したんだよ」

「……演出……？」

「今大会、最もキルを取り、すでに他チームから最大級警戒されているチーム。そいつらが一対一を張っている状況を、演出したんだ」

「……っ！」

今大会、単身で敵チームに潜り込みショットガンやサブマシンガンで無茶苦茶に荒らし、キルをとっているステラ。

遠距離からダウンした敵だろうがなんだろうがヘッドを抜いてキルを重ねる２Ｎ。

すでに撃ち合い動画がＳＮＳに出回り、名前がどんどん売れているジルクニフ。

そして、現世界最強のプレイヤー、シンタロー。

彼は、それらのプレイヤーを演じたのだ。

普段なら、ただの銃声で、どのプレイヤーが撃ち合いをしているなんかなんてわからないし、予想もできないだろう。

けれど、今大会は違う。

強ポジで芋ることを考えず、ショットガンやスナイパーを連発するようなプレイヤーは限られてくる。

そんな無茶をするのは、プレイヤースキルに度がすぎるほど自信のある世界ランカーしかいない。

「ＦＰＳ後進国の高校生が決勝を決める予選ラウンドで、その世界ランカーに真っ向から撃ち合いに行けると思うか……？」

グライムの一言が、私の推測を肯定する。

しんたろは、慎重な日本人がさらに慎重になるであろう最終ラウンドで、自分以外の他プレイヤーにとんでもない大嘘をついたのだ。

「……しんたろ、単独の方が厄介ね」

「奇遇だな、俺も同じことを考えていた」

撃ち合いに勝つ力は単純計算で四分の一。けれどその分無駄が無くなる。

団体行動をすれば、必ず綻びが生まれる。けれどソロになれば、彼にそれはない。

生き残るという彼の能力の真価が発揮されるのは、ベル子やジルクニフ、２Nを倒し、彼を追い詰めた時。

「……ほんと、怪物」

決勝に残るであろう私だけの雄に、そう呟いた。

＊　＊　＊

「……やべぇ……心臓破裂しそうなんだけど……」

高鳴る心臓を左手で押さえて、砂漠に窪地に立つ廃屋、強ポジで芋る。

虎の威を借る狐作戦は周りから車両の音や銃声が遠ざかったのを見るに、どうやら成功したらしい。

今までは運良く接敵を避けられたが、もう二度ほど安地収縮を終えれば戦闘は避けられない。

「はぁ……」

キルログを眺めて、ため息を吐く。今数えたので十七回目。

自称俺の弟で、性別不詳（笑）の邪気眼電波女。

どうせ最後は、アイツと一対一になる。ヘルメットや防具の耐久を温存すべく、俺は息を潜めた。

安地収縮を繰り返し、あれだけ広大だった砂漠マップは、俺が芋っていた二階建ての廃屋を中心に半径三十メートルほどの範囲にまで狭まっていた。そして、残り人数は俺を含めて二人。

「やっぱお前が残るよな……」

ステラ。奈月に次ぐキル数を記録している今大会のダークホース。

ＤＡＹ１のラウンド１では投げ物奇襲戦法で勝利することができたけれど、手の内を明かしてしまった今ではそれも難しい。

火炎瓶や手榴弾、閃光弾や発煙弾。彼女はそれら全てを警戒しているだろう。

ポジション的には優位に立っている。けれど一対一になった今、安地内にいる廃屋に芋るのは自分はここにいますよとアピールしているようなものだ。

廃屋外のどこかにいるステラも理解しているだろう。

俺なら廃屋のどこかに芋っていると、そんな強ポジを逃すわけがないとそう確信しているはずだ。

廃屋外、おそらく転々と転がっている大岩のどれかに彼女は隠れている。その場所さえわかればこの廃屋から出て裏をとりにいけるのだけれど、彼女の居場所もわからないままそれをするのは自殺行為だ。

ここで俺ができる選択は射線をなるべく切って投げ物を警戒することしかできない。

選択肢が少ない状況ほど敵に自分の行動を読まれ、強ポジにいようと逆転のチャンスを与えてしまう。

「……撃ち合いに自信あるんだろ……？　スモーク使ってここまで詰めてこいよ……」

脳筋プレイが好きな彼女であれば、建物まで詰めてきて俺と真っ向からの屋内戦を挑んでくるはずだ。

上等。屋内戦は最も俺が得意とする分野。そこから逃げるようじゃ世界大会なんて夢のまた夢だ。

最後の安地収縮が始まるまであと一分。

呼吸を整える。予選最終ラウンド、最初の接敵に備えて耳をすませた。

＊＊＊

とてつもないプレッシャー。マウスを握る右手に汗が滲む。

「兄さん、やっぱりすごいですね。何もしていないのに僕をこんなにも濡らすんだから」

前世では兄弟だった私たち。けれど何の因果か、今世では敵同士に生まれてしまった。

けど、それが良い。兄さんを倒して、兄さんを屈服させる。

今はまだ僕との想い出を忘れているけれど、力の差を見せつければ彼はきっと思い出してくれるはず。

それに……兄さんを殺せば、敗北という名の苦痛とともに、僕の名前を兄さんの心の奥底に深く刻みつけることができる。

「……昨日は油断したけど、今回はそうはいかないよ」

先日は兄さんの得意技である投げ物戦法に面食らったけれど、もう見切った。自分で言うのも何だけれど僕はかなり才能のある方だと思う。兄さんのプレイ動画を数回見ただけで彼の理論や考え方、立ち回りの強さを理解できたし、実践することもできた。投げ物戦法を直に喰らって、その立ち回りの恐ろしさとともに、対策も考えた。

「対策といっても……かなり脳筋なんですけどね」

スモークをたきながら兄さんが芋っているであろう廃屋に接近する。投げ物が得意であれば、それが使えない距離まで詰めればいいのだ。至極単純だけれど効果的。

屋内戦でもみくちゃになれば投げ物なんて投げる余裕なんてないし、単純な力比べになる。僕が兄さんに求めるのは、純粋な撃ち合い。投げ物や搦め手で押されれば間違いなく勝ち目は無い。

だからこその脳筋ムーブ。撃ち合いであれば、六・四くらいで僕の方が優勢なはずだ。

バトロワ系ＦＰＳというゲームジャンルが確立されてから十年。その十年の中で、兄さんは間違いなく最強のプレイヤーだろう。

その怪物に、六・四で得意を押し付けた勝負ができる。このチャンスを逃す手は無い。

「……ふぅ……」

短く息を吐いて、呼吸を整える。廃屋の壁まで接近した。足音は聞こえない。

「階段で待ってるんだろうけど、そう簡単には突っ込んであげないよ？」

手榴弾を抜いて窓めがけて投擲する。パリンと音を立ててガラスを割り、手榴弾は勢いよく爆ぜた。

すぐさまキルログを見るも、兄さんの名前は表示されない。

「じゃ、行きますか」

これから始まるのは泥沼のもみくちゃの撃ち合い。決め撃ち(プリファイア)も投げ物も使わせない。かなり不恰好な戦いになるけれど、その土俵に引きずり込まなければ怪物を殺すことなんてできない。

勢いよくドアを開けて屋内に飛び込もうとする。

けれど。

「ッ!?」

突然、背後から銃声がする。その銃声だけで僕はすぐさま今の状況を理解した。

どうやったかはわからないけれど、兄さんにいつのまにか背後をとられたのだ。

二発ほど肩にくらいながらも、そのまま屋内に飛び込む。

「なんで!?　屋内にいたはずじゃ!?」

呼吸を整えながら二階まですぐさま駆け上がる。廃屋の外は完璧にクリアリングしていたはず。頭をフル回転させて、なぜ背後をとられたのか考察した。

「っ……本当に……怪物だね、兄さん……！」

……おそらくだけど、彼は僕の手榴弾がガラスを割るタイミングとほぼ同時に、反対側の窓からガラスを割って飛び降りたのだろう。音が重なるタイミングを狙って。

僕が足音やガラスの割れる音を聞き逃すなんて絶対にありえない。

よってそれしか考えられない。

まさしく最強。そんな芸当、僕が手榴弾を投げるタイミングを完璧に把握していないとできない。

手榴弾のタイミングを完璧に把握した上で、ガラスを割るタイミングと同時に反対の窓から飛び降り、かつ、手榴弾の爆音に乗じて僕の背後に回る。

文字にすれば簡単そうに見えるかもしれない。けれど、実際にやってのけるには相当な経験、センスが必要。センスの塊である僕でさえ、兄さんがなんでそんな芸当をやってのけるのか全く理解できない。

……けれど、これはチャンス。兄さんはきっと、さっきの奇襲で決め切りたかったはず。

人外級の戦術で裏をとられはしたけど、結果的に僕は兄さんの奇襲をかいくぐり、廃屋の二階という強ポジを確保した。

兄さんは十中八九、僕と同じで廃屋の二階に手榴弾を投げ込む。耳をすませて、手榴弾のピンの音を聞けばかわすことは容易。

強ポジをとれたのはかなり大きい。あとは足音を聞きながら高さと遮蔽物を利用してじわじわと詰めるだけ。

「ここでエイム力の差が出たね……！」

さっきの奇襲で決め切れなかったのは本当に悪手だった。あの奇襲が兄さんのとっておきだったのだろう。

強ポジもとられ、安地収縮が始まり投げ物のピンさえも聞こえてしまう泥沼の距離まで接近してしまった。

ここまでくれば撃ち合いの強い僕が九・一で有利。

勝ちを確信しないまでも、かなり勝利に近づいたことに安堵する。

けれど油断はしない。有利とはいえ、兄さんも撃ち合いが弱いわけじゃない。

最速の決め撃ち（プリファイア）という、地味だけどとてつもなく厄介な武器が彼にはあるのだ。

決め撃ちもできないような間合いにまで詰める。それさえできれば勝機はある。

「……っ」

足音は全く聞こえない。それは即ち、兄さんは先程奇襲を仕掛けてきた場所から動いていないということを意味する。意図は全く読めないけれど、好機であることには変わりない。

ゆっくりと、近づこうとした、
その瞬間。

視界の右端が爆ぜた。

「なッッッ!?」

手榴弾!?　音は聞こえなかった！

ならなぜッ!?

ピンを抜く音も、手榴弾が転がる音さえも聞こえなかった。一瞬チートじゃないかと疑うほど気が動転する。

ＨＰバーは真っ赤になり、ミリ単位で残っている状態。

とにかく態勢を立て直さなきゃ殺される……！

そう思ったのもつかの間、無数の弾丸が体を襲う。この状況は、動画で何度も見た。

手榴弾の爆ぜる音に乗じて接近し、最速の決め撃ちで敵を狩る。

シンタロー（兄さん）の十八番（オハコ）。

「そんな……バカな……!!」

画面が暗転する。それは、僕が兄さんに敗北したことを意味していた。

＊　＊　＊

「なんとか勝ったな……」
画面に映るlast winnerの文字に、胸をなでおろす。

ヘッドセットを外すと、鼓膜が破れそうなほどの歓声が聞こえてきた。

これで予選突破はできるはず。最低条件をクリアした安堵からか、急に体が重くなった。

そりゃそうか……二日酔いで大男に殴られて、肺が破れそうな勢いで全力疾走したもんな。

席から重たい体を起こそうとすると、隣から聞き覚えのある声が聞こえる。

「どうやったんですか……さっきの手榴弾……っ！」

俺が先ほど下した相手、ステラが、目に涙を浮かべて立っていた。

後々リプレイ動画を見れば、種は簡単に解る。だから俺は、起きた出来事をそのまま説明した。

「……お前が投げた手榴弾から逃げたすぐ後、俺も二階に手榴弾を投げ込んでいたんだよ。ただそれだけだ」

「……そんなのありえないっ！　その瞬間まだ私は二階にいなかった！　それに手榴弾の音だって聞こえなかった!!」

目に涙を溜めながら彼女は勢いよく反論する。

……相当テンパっているのか一人称が私になっているのは突っ込まないでおこう。

「お前は必ず俺が奇襲に失敗すれば二階に逃げる。そう確信していた」

「だからなんでそれがわかるの!?」

「俺も、お前と同じ立場ならそうするからだ」

「……っ！」

息を呑むステラ。そりゃそうだろう。俺のプレイスタイルを真似した結果、それを利用され動きを読まれたのだから。

「でも……手榴弾の音が聞こえなかったのは……」

「それも至極簡単な道理だ。お前は俺に接近するあまり、自分の手榴弾の爆音によって俺の手榴弾の音を聞けなかったんだよ」

「……そ……んな」

そんな簡単なことにさえ気づけないほど、彼女は緊張し慌てていた。

奇襲で決め切りたかったのは事実だけど、それが失敗したとしても、置き土産である手榴弾が突破口を開いてくれる。

「泥沼の接近戦じゃなきゃ勝てないと踏んだんだろうけど、それ自体が俺にとっては願っても無い状況だったんだ」

大粒の涙を、ついに頬に垂らして、彼女はうつむいていた。

「これに懲りたら俺みたいな芋プレイヤーのプレイスタイルを真似するのはやめるんだな。お前には俺なんかには無い、無理矢理撃ち合っても勝てるズバ抜けたセンスがあるんだから」

それだけ伝えて、俺は会場を後にする。背後から、歓声をぬって、涙ぐんだ声が聞こえる。

「決勝は……勝ちますから……っ！」

……彼女はまだまだ強くなるだろう。

敵に塩を送ってしまったと後悔しながら、痛む頬を押さえて控え室に向かった。

「……はぁ……っ……」

喉の奥から血の味がする。

予選最終ラウンドをなんとか1位で突破し、勝利者インタビューを終え、俺は控え室に向かっていた。

決勝ラウンド進出を決めたからか、それまで俺の体を支えていた緊張の糸がとけ、とてつもない疲労感が全身を襲う。選手控室まであと少し。

それなのに、だんだんと意識が朦朧（もうろう）としてくる。

「……っ」

硬そうな緑色の地面がグングンと迫ってくる。

……いや……違うな……。顔を近づけているのは、俺の方か。

そんな呑気なことを考えながら、俺は硬い床に倒れこみそうになる。

目をつむって痛みに耐えようと歯をくいしばる。もはや床に手をつく元気さえない。

「つと……」

柔らかい何かに体を支えられたかと思うと、聞き慣れた声が耳元で囁いた。

「まったく、無茶しすぎよ……」

「……奈月、ありが……と……」

俺はそれだけ呟いて、意識を失った。

ラウンド５　宣戦布告

「タロイモくんは大丈夫ですか!?」

勢いよくドアを開けて、ホテルの一室に飛び込んでくるベル子。

ジルと一緒に先ほどの大男とのやりとりを終え急いでやってきたのだろう。いつも綺麗にセットされている亜麻色の髪の毛は、汗で頬にはりついていた。

「シンタローなら大丈夫よ、疲れ果てて今は寝てるけど」

「そ……そうですか……よかった……」

ベッドに寝ているシンタローを見て、胸をなでおろすベル子。

「それで、そっちの件はきっちり片付いたの？」

ボロボロの状態であるシンタローを放っておけるはずもなく、大男を拘束した後、私だけシンタローの後を追ったのだ。

「……はい。大会関係者に連絡して、身柄を引き取ってもらいました」

「そう……まぁそうなるわよね」

この一件に警察が介入すれば、私たち選手や大会関係者、この大会を見に来た観客たちにまで迷惑をかけることになる。

直接の被害を受けたシンタローとベル子が被害届を出すというのであれば話は別だろうけど、

警察より私たちに頼った時点で、シンタローは警察を介入させる気はないのだろう。

「それで……その、結果はどうなったんでしょうか……？」

恐る恐るといった具合で質問してくるベル子。

主語はないけれど、シンタローが単独で挑んだ予選最終ラウンドの結果を聞いているということは簡単にわかった。

バツが悪いのも仕方ない。今回シンタローが一人で戦う理由になったのは、彼女の責任が大きいと、彼女自身が強く感じているのだ。

だからこそ、私はまるでこの結果が当たり前のことのように、ボソリと呟く。

「一位だったわよ」

「…………えっ？」

「だから、一位」

「…………す、ステラは？」

「シンタローに正面からボコボコにされて二位」

「…………何が起きたんですか？」

強者が集まる公式大会でたった一人にもかかわらず、勝利してしまう道理がわからない。といった雰囲気で質問を重ねる彼女。

何度も当たり前のことを告げるのも億劫になるところを、何故か私は少し得意げになって伝える。

「強いプレイヤーが生き残る。当たり前のことよ」

「……本当に強いんですね……タロイモくんは……」

噛みしめるようにつぶやくベル子。

仲間の為にボロボロになるまで殴られて、それでも立ち上がり試合に出て、一位になってしまう。

側から見ればシンタローは、傍若無人までの強さを見せる超人のように見えるかもしれない。

ベル子は、自分なんて要らないんじゃないかと、そう思うかもしれない。

「シンタローは臆病なのよ。きっと」

「……臆病？」

私が言った言葉の意味を反芻するけれど、意味がよくわからないと言った具合で、ベル子は小首を傾げた。

「自分のことなんかよりずっと大事なものを失うのが怖いから、シンタローは文字通り死ぬ気で頑張るの」

私は、シンタローの前髪を左手で梳きながらそんなことを呟く。

「予選最終ラウンドで負けて一番悲しむのは誰？　悔しいのはだれ？　……あの状況であれば私やシンタローやジルじゃない。間違いなく一番責任を感じるのはアンタでしょう。だからシンタローは負けられなかった」

「……っ」

「……もちろん、あの最終ラウンドにソロスクで挑むのがシンタロー以外でも同じことを思ったでしょうね。……まぁ、勝てるかどうかは別として……」

私の言葉に、息を呑む彼女。大きな胸に手をあてたかと思うと、頬を朱に染めて、新たに芽生えた感情を隠そうともせず絞り出すようにゆっくりと言葉を紡いでいく。

「…………奈月さんは、こういう気持ちだったんですね」

「…………」

私は返答できなかった。それを認めれば、彼女の気持ちを肯定してしまうような気がしたからだ。

「俺のクイーンは無事かッッッ!?」

少し気まずい空気をぶち壊し、ジルがドアを破壊する勢いで部屋に入ってくる。

私は先ほどベル子にしたのと同じような説明を、ジルにもした。

＊　＊　＊

「っ……」

重たい瞼を開ける。

昨日も見たホテルの一室の平凡な天井が、視界の八割を占めていた。

残りの二割は、ボヤけた金色。

何かはわからないけど、とてつもなく良い匂いがするソレ。

おかしなことに体はまったく動かないので、首を横に動かして、金色の正体を視界におさめる。

「……んっ……くぃーん……」

ジルだった。驚くほど端正な顔をした。ジルだった。

金色の正体は、俺に抱きつきながら添い寝をしているジルだった。

「おい……どけって……っ!!」

ジルをなんとか押しのけようとするけれど、また別方向から力が加わっていることに気付く。

それを確認すべく、今度は左側を向く。

「…………な……奈月さん？」

「んぅ……」

奈月だった。驚くほど端正な顔立ちをした。奈月だった。

俺を押さえつけている謎の力の正体は、俺に抱きつきながら添い寝をしている奈月だった。

「くっ……！」

唇が触れそうなほど近くにいる幼馴染にもにょりながらも体を起こそうとする。けれど。下半身さえもまったく動かなかった。

「なんだよこれ……まさか！　金縛りってやつか……!?」

お腹にのしかかっている正体不明の物体が、幽霊的な何かではないことを願って、俺は恐る恐る首を起こす。

「…………たろ……いもく……ん……っ」

ベル子だった。驚くほどお胸を押し付けてうつ伏せで俺の上で添い寝？　をぶちかましているベル子だった。

「……ジルさえいなきゃとんでもねぇハーレムシチュエーションだったな……」

だが、今回ばかりは感謝しなければなるまい。ジルがいなければ、ベル子のやわらかいベル子のせいで、俺のシンタローがシンタローしてしまっていただろう。お母さんの裸を想像したらすごく萎えるだろ？　ジルとはその現象と同じものを感じた。

「さて……どうしたものか……」

体がまったく動かないこの状況で、俺がどうにかして抜け出す思案を巡らせていると、ドアが開く音が聞こえた。

「ちょ……！　違うんです！　これは違うんです！」

大会関係者が様子を見に来たのかと慌てて弁明するも、その必要がない人物だとすぐに悟る。

「しんたろ……よせんとっぱ、おめでとう」

身動き取れない状態で出会いたくない人ナンバーワンであるダイアモンドルーラーさんが、降臨なされた。

「る……ルーラーさん、ちょっと僕たちの部屋に凸しすぎでは？」

「……わたし、にほんご、わからない」

「……そっ、そっすか……」

「ところで、しんたろ」

「……どうされました？」

「いま、うごけない？」

「……はい」

「千載一遇のちゃんす」

「しっかり四字熟語使いこなしてんじゃねぇよ！」

ジリジリと距離を詰めるルーラーに、舌の根が乾いていくのを感じながら俺は必死に体を揺すって対ルーラー用決戦兵器である２Nを起こそうとする。

「奈月起きるんだ！　パターン青だ！　使徒が接近している……っ！　俺のセントラルドグマが丸裸にされそうだぞ！」

「……んぅ……しんたろぉ……そこはなめるばしょじゃないよぉ……」

「お前どんな夢見てんだよ!?」

どんどん近づいてくるルーラー。

「……っ！」

「ちょっ！　いやルーラーさん！　落ち着いてくださいッ！」

北米最強スナイパーことダイアモンドルーラーさんは、じわりじわりと俺の絆創膏だらけの顔に、真っ白でそれでいて妖精のような美しい顔を近づけてくる。

右半身をジルに、左半身を奈月に、下半身をベル子に押さえつけられている俺は逃げることもできず、さながらまな板の上の鯉のような状態であった。

「くぷ……っ」

ルーラーに踏まれて、ベル子がうめき声なのかよくわからない可愛らしい声をあげる。だかしかし、それでも起きない。

「しんたろ、もうがまん、できない」

「我慢できないからってナニをする気ですか……!?」

「ナニって……きす？　ふかいやつ」

「お前戦闘狂って設定どこ行ったんだよ……！　ただの痴女になってんぞ……！」

「これはべつばら」

ルーラーはどんどん顔を近づけてくる。

あとほんの数センチのあたりで、俺はキュっと目をつむる。

ファーストキスは北米の美少女（重度の戦闘狂＋ヤンデレ）に奪われてしまうとは……。

まぁこれで良かったのかもな……俺みたいなタロイモ、どうせ好きになってくれるのはルーラーくらいだし、この辺りが捨て時なのかもしれない。

ものすごく良い匂いのするルーラーに、若干ほだされながら俺は来るべきその瞬間を待つ。

「……？」

十秒くらいだろうか、目をつむって待っていたのだけれど一向にその時は訪れない。

不思議に思って、かたくつむっていたまぶたを恐る恐るひらく。

「……何してんのよ……　ルーラー……ッ」

「……２Ｎ……じゃま」

我らが最強砲台、２Ｎさんがお目覚めだった。

「奈月ぃ……！」

俺は情けない声をあげながら奈月の方へ若干体をよせる。ルーラーのキス射線を見事に左手で遮る奈月は、ピンチの時に颯爽と現れるヒーローのように見えた。

「邪魔なのはアンタのほうよ。せっかく人が良い夢を見てたってのに」

額に青筋を立てながら、奈月は聞いたことも無いような低い声でボソボソと喋る。どうやらかなりお怒りらしい……。

「２Ｎは、ゆめでがまんすればいい、わたしはほんものをもらう」

「はぁ!?　別にシンタローの夢なんか見てないんですけど!?　シンタローとラブラブ新婚生活な夢なんて見てないんですけど!?」

「じゃあ、どんなゆめみてた？」

「……そりゃアレよ！　その……そう！　決勝でアンタの頭をブチ抜く夢よ！」

「……あわれ、２Ｎ。すなおになれないうえに、かなわないゆめばかり、みてる」

「ッ……哀れなのはアンタの方よルーラー。今この状況を冷静に見てみなさい。このベッドは私のベッドなの、それなのにシンタローは私の隣に寝ている。私はシンタローのことなんてこれっぽっちも意識していないけれど、意識していないけれど、シンタローはそうじゃないみたいね。夜な夜な私の魅惑の肢体に釣られて、添い寝という名の犯罪を犯してしまっているのよ？」

得意げに虚言を吐き捨てるウチの最強スナイパー。

「えっ、このベッド俺のベッドじゃ……」

「黙りなさいシンタロー。アンタルーラーに迫られてた時、まんざらでもなさそうな雰囲気だったわよね？　今ここで刑を執行しても良いのよ？」

「ここは2Nさんのベッドです……すみませんでした……ッ！」

裁判をすっ飛ばして死刑台で会いましょうと言わんばかりに俺をにらみつける奈月。

俺はそれにひよって虚言を肯定するルートを選択してしまった。冤罪ってこうして生まれるんですね……。

「みわくのしたい？　まないたにしか、みえない。ぷぷっ」

「はぁ!?　アンタだってまな板じゃない！」

「2N、まないた、つるつる」

「ぐぬぬっ！」

ブチギレモードの奈月にさらに油を注ぐルーラー。何故か慌てふためく奈月は俺の左腕をガッシリと掴んでいることを忘れて上体を起こす。

「ちょっ!?　折れる折れる折れるッ!!」

俺の決死のタップに対しても、奈月は無反応。どうやら怒りで我を忘れているらしい。

ヤバイ……マジで左腕もってかれる……！

「ぬぅおおおっ……！」

俺は左腕を守る為に無我夢中で上半身を起こす。必然的に奈月の極め技は外れ、左腕の関節が曲がらない方向に曲がるという恐ろしい結末は回避した。……けれど。

「んっ！」

唇に、柔らかい何かがあたる。

無我夢中で上半身を起こしたせいで勢いを殺しきれず、顔ごとぶつかってしまったのだ。

奈月の頬に。

「ちょっ……シンタロー……っ!!」

瞬間湯沸かし器のように湯気を出し、顔を赤くする奈月。あわあわと、鯉のように口をパクパクさせている。

「す、すまんッ！　わざとじゃないんだッ！」

ジルの拘束をふりほどきベル子のマウントから抜け、俺は床におりて土下座をかました。

ブチギレにブチギレを重ねている奈月に粗相をしてしまったのだ。仲が悪すぎる幼馴染にほっぺとはいえキスをしてしまったのだ。鉄拳制裁は免れないだろう。覚悟を決めて歯をくいしばる。

俺にできることは、なるべく早く気絶できるよう神様に祈ることだけだった。

奈月が唇に手をあてて、ボソリと呟く。

「……き、きし……きしゅくらいで別に、そんなに謝らなくてもいいわよ……っ」

……あれ？　若干機嫌が良くなってる？

仲が悪いとはいえ、十年以上も付き合いのある幼馴染だ。奈月の機嫌くらい声を聞いただけでわかる。

「……しんたろ、うわき？」

「ひぇっ！」

いつのまにか背後にいたルーラー。底冷えするような声が背筋を撫でる。

……やはり同じＦＰＳゲーマーだからか、声を聞いただけでわかる。

今、ルーラーはすこぶる機嫌が悪い……ッ！

「あらあら見苦しいわね。この負け犬」

そのすこぶる機嫌の悪いルーラーをこれでもかというくらい侮蔑の表情で煽り散らかす奈月。

みるみるうちに凍りつくような表情をつくるルーラー。室内の温度が二度ほど下がったような気がした。もう帰りたい。

「…………」

「フフン！　ぐぅの音もでないようね！　まぁ私はシンタローとの……その、き…きしゅくらいで！　動じたりしないけれどね！　嬉しくなんてないけれどね！」

チラチラとこちらを見ながらドヤ顔かます幼馴染。奈月、今のお前の小物感すげぇぞ。

キャッキャとはしゃいでいる奈月を尻目に、ルーラーはドアの方へとゆっくり歩いていく。

「……２Ｎ、けっしょうで、ころす。そしたらしんたろ、わたしのもの」

本気の声音だった。北米最強のスナイパーは、声にたっぷりと威圧感を込めて、そう吐き捨てる。

「……負けないわ。アンタにだけは、絶対に」

上気した頬もすぐに収まり、アジア最強スナイパー（2N）になる奈月。決勝で決まるのだ。どちらが世界最強のスナイパーかが。そして、俺の今後の進路が……。胃が痛い。

ドアを静かにしめて、ルーラーは俺たちの部屋を後にした。彼女にしてはかなり潔い幕引きだ。

それもこれも、決勝ですべてを決めようという彼女なりの合図なのかもしれない。

「シンタロー。私負けないわ。絶対に」

ルーラーが去ったドアの方を見つめて、２Ｎさんはそう呟く。

「あぁ、お前なら勝てるさ。なんたって世界ランク２位の最強スナイパー、２Ｎなんだからな」

本心でそう思う。ウチの砲台（タレット）は誰にも負けない。明日の決勝、何がなんでも勝つ。

ジルやベル子、そして２Ｎと一緒に、俺は世界に行くんだ。

ラウンド6　最終決戦

熱めの湯が全身を濡らす。

大事な行事がある日は朝早くに起きて四十二度のシャワーを浴びる。幼いころからの俺のルーティンだ。

ベル子の手榴弾に吹っ飛ばされたりストーカーにボコボコにされたり生きる伝説にスカウトされたりした波乱すぎる公式戦二日目から一夜明け、俺はＲＬＲＵ１８全国大会最終ラウンド、つまり決勝を迎えていた。

「シンタロー、そろそろ時間だ」

バスルームの外からジルの声が聞こえる。

「おう。すぐに行く」

返事をしてシャワーを止める。まぶたをゆっくりあけて、脳の状態を確認する。

二日酔いの影響は全くない。今日なら正真正銘、百％の実力が出せる。

体を拭いてユニフォームに袖を通すと、気持ちがさらに引き締まった。

いよいよはじまるのだ、世界最強の高校生を決める戦いが。

……いや、最強を決めるだけじゃない。負ければジルとの父親との約束を破ったことになり

俺の就職先が決定し、ルーラーとの勝負に負けたことになり監禁先まで決定し、ついでにベル

子の再生数が１０倍にならなければ豚箱行きが決定するのだ。

……えっ、俺だけ十字架背負いすぎじゃない？

と、とにかく勝たなければどえらいことになるのだ。

「ジル、待たせたな」

「うむ、奈月もベル子も廊下で待ってる。早く行くぞ」

扉を開けると、ウチのエースが眉間にしわをよせて立っていた。

「おそい！」

「お前らが早すぎるんだよ……」

「決勝なんですから、早めに行ったほうがいいですよ」

奈月についでベル子も眉間にしわをよせる。

「ベル子……その、調子はどうだ？」

実のところを言うと、ベル子のイップスはいまだ改善されていないのだ。正確には改善されているかどうか確認できていないというのが正しいのだけれど。ストーカーの件もあったし、ベル子の心労は以前より増したはずだ。索敵だけならまだしも、通常のムーブでさえ滞るようなら、また新たな作戦を考えなければならない。

「……デスクに座ってみないことには……わかりませんね」

「そうか……とりあえず、音が聞ける前提でポジションを決めたからな」

「……わかりました」

ホテルのロビーを抜け、試合会場に向かう。天候は決勝にはおあつらえ向きな快晴。

大きく息を吸い込むと、少しだけ秋の味がした。

スタッフの警備が大幅に増えている中、その合間をぬって選手控室にたどり着く。

「泣いても笑ってもこのラウンドが最後になる。悔いのないように全力を尽くすぞ」

緊張しているであろう仲間たちにそう告げる。彼らは少し笑みをたたえてうなずいた。

「ポジションはどうするの？」

奈月の質問に対して俺はいつも通りポジションを発表する。

「奈月は砲台（タレット）、俺はオーダーと後衛（バックアップ）、ジルは前衛（アタッカー）、ベル子が斥候（スカウト）だ。一応最初はこのポジションで行くけど、戦況によって変えていくから心の準備だけしておいてくれ」

「わかった」

「了解です」

「ＯＫ」

射程オールレンジ対応の極振り特化チーム。相も変わらず色物集団だけれど、今日はその真価を魅せなければならない。世界で戦えると証明しなければならない。

……すべては俺のオーダーにかかっている。

コンコン。控室の扉が小さく小気味よくたたかれる。

こんなタイミングで来客？　いったい誰だ？　ベル子が扉を開けること、そこには。

「みくる……！」

以前俺が引き起こした幼女パンイチ事件の被害者であり、ベル子の妹。みくるちゃんが恥ずかしそうに立っていた。

「おねぇちゃん……ごめん。昨日の試合見て、いてもたってもいられなくなって……」

「ど……どうやってここまで……」

「……電車。ぶたさん貯金箱割っちゃった……おこってる……？」

それを聞いた瞬間、ベル子はすぐさまみくるちゃんを抱きしめる。

「ううん、いいの。心配ばかりかけるダメなおねぇちゃんでごめんね……」

ベル子が守りたいと願うもの。一番幸せにしたい人。みくるちゃんを大事そうに抱きしめる姿を見て、俺はそう感じた。

「ダメなんかじゃないよ……私のおねぇちゃんは日本で一番ＦＰＳが強い配信者(ストリーマー)だもん！　決勝、頑張ってね！」

その言葉に、ベル子の大きな瞳から涙がこぼれる。

「うん！　日本一になってくるね！」

彼女のその屈託のない表情は、公式大会が始まってから間違いなく一番の笑顔だった。

「ところでお兄ちゃん。約束覚えてるよね？」

ベル子との熱い抱擁を終え、さっきまでのほのぼのタイムはどこに行ったのやら、みくるちゃんは底冷えするような声で俺に問いかける。

「も。もちろん覚えていますとも……」

「くさい飯、いやだよね？」

「……いやです」

「ならおねぇちゃんを日本一……いや世界一にしてね？」

「もちろんでございます……！」

何の話？　といった具合で奈月がジト目でにらんでくる。俺はそんな幼馴染を無視して控室に扉を開けた。

「さ、さぁ！　そろそろ試合開始だ！　頑張ろうぜ！」

胃が何やらひりひりするのは気のせいだと信じたい。

＊　＊　＊

「すごい人ね……」

決勝ということもあり予選とは比べ物にならないほどの人が観客席を埋め尽くしていた。様々な色をした照明がきらびやかに選手席をライトアップする。

入場の音楽とともに、俺たちは指定されたデスクへと向かう。はずだったんだけれど……。

「っ……！　ルーラー……！」

入場の順番を無視して北米の最強スナイパー、ダイアモンドルーラーが奈月の前に躍り出る。

「まがいもの、きょうでおわらせてあげる」

冷え切った視線。真っ赤な瞳は濁色が混ざったように暗くなっている。正真正銘ルーラーも本気なのだろう。本気で、２Ｎを潰す覚悟をしているのだ。

「終わるのはあんたのほうよ、どちらが頂点の次席にふさわしいか白黒つけてあげる」

「……ころす」

「……やってみなさいよ」

子供には見せられないくらいの形相で睨みあう二人。

そんな二人を見かねてか、背後からＶｏＶのリーダー、グライムがルーラーの首根っこをつかまえた。

「すまないね」

「いや、今更気にしてねぇよ」

通訳を介してそんなやり取りをしていると、今度はジルがグライムをにらみつける。

「皇帝とやら……戦場で相まみえる瞬間を楽しみにしている」

「……これはこれは、ＡＲの王様から直々にご指名とは光栄だな。……君が僕と戦う前に死なないことと祈っているよ」

奈月やルーラーと違って優雅な宣戦布告。ジルとグライムのやりとりを見て黄色い歓声があがるのを若干うらやましいと思いつつ、指定されたデスクに向かう。

「獲るぞ、日本一」

ラウンド開始を告げるブザーが鳴り響く。決勝にコマを進めた十六チームは戦場に降り立つための飛行機に転送される。

それと同時に俺はすぐさまマップを確認した。航路を確認するためだ。

決勝のマップは最もポピュラーな通常マップ、そのマップを西から東へ真っ二つに切るように今回の航路は設定されていた。

「どこに降りる？」

「……当初の予定通り、シコクにある軍事基地に降りよう」

シコクとは、通常マップ南に位置する大きな島の通称である。そのまんまだけれど形と位置が日本の四国に似ていることからほとんどのプレイヤーにそう呼ばれている。

今回俺たちがランドマークに選んだのは、そのシコクにある南の中規模軍事基地。物資の量は悪くないけれど周りが海に囲まれているシコクに位置しているため、安地次第では検問の餌食になりやすいという大きな特徴がある。

野良サーバーでは激戦区である中央市街地についで人が集まりやすい区域ではあるけれど、公式戦ではやはり検問されやすいという大きなディスアドバンテージがある為、あまりプレイヤーが集まらない。

今回はその隙につけこむ。確かに検問は脅威だ。一人称視点であるRLRにおいて車に乗っている最中は反撃のしにくい最も危険な状態。けれど。

ウチには車に乗っていようが乗っていまいが関係なく敵を撃ちぬいてしまう変態がいる。

「どうしたクイーン？　告白か？」

「お前歪みねぇな」

ゲーム内だとしてもちらりとジルの方を向くときっちり反応する。日本最速の反応速度という噂は本当かもしれない。

「ほら、馬鹿やってないでそろそろ降下地点よ」

奈月に呆れられながらもつつがなく最速降下を決める。

「敵、２パーティだ」

「すぐに接敵はしない距離だ、速攻で装備を整えるぞ」

「了解」

軍事基地に降りたのは俺たちの他にも２パーティ。けれど想定内。俺たちは軍事基地のはずれにあるマンションに降下した。対して他の２パーティは軍事拠点、管制塔付近に降下している。

理想の流れは、その２パが潰しあって弱ったところを俺たちが狩る。

俺の想定している理想をみんなも察したのか、いつもよりもさらに物資を漁るスピードを上げている。

相手より常に優位に立てるように立ち回る。物資、特に防具を充実させるのは必須。

レベルの高い防具を最も接敵数の多いジルに回し、スコープやＳＲ（スナイパーライフル）は奈月に回す。

合宿でもそうだったけれど、その後の練習でもこの流れの効率、スピードをあげる意識を続けてきた。

今やジルとベル子も、従来の俺と奈月と同じレベルで物資だけなら無言でも回せるようになっていた。

「ベル子……どうだ？」

俺は今回のラウンドの懸念事項であるベル子の調子について尋ねる。

「……」

けれど、返ってきたのは無言。

……やはりだめだったか。幾人ものスポーツ選手を苦しめてきたイップス。ゴルファー、野球選手、その道のプロを引退にまで追い込む難病。それはゲーマーだって例外じゃない。そう簡単に完治するものじゃない。ベル子に励ましの言葉を、ポジションの交代を告げようとした。

その瞬間。鈍い銃声が虚空に響き渡る。

どうやら管制塔付近に降りた２パーティが戦闘を始めたらしい。

「……タロイモくん」

銃声が轟いてすぐ、ベル子がようやく口を開く。

「南方向、管制塔左から二番目の窓、三名が撃ち合っています」

ミリ単位で敵の居場所を暴き出す世界最高の索敵。

「聞こえてるならさっさと言えよな……！」

「ごめんなさい、聞こえすぎてぼーっとしちゃいました」

頼もしすぎるその一言に、震える。

「みくると約束しちゃいましたからね……日本一ＦＰＳの強い配信者（ストリーマー）になるって」

肉親のためなら、難病だって乗り越えられる。強いベル子にそしてそれを支えるみくるちゃんという存在を、少しうらやましく思いながら俺は告げる。

「……日本一どころか、ベル子なら世界一にだってなれるよ」

「連れってってくださいね、世界の頂に」

「まかせろ。……ってことで奈月」

「わかってる」

俺が名前を呼んだ瞬間。奈月のｋａｒ９８ｋ（スナイパーライフル）が火を噴く。

キルログに敵の名前が表示された。問答無用のヘッドショット、気絶なしのワンパンだ。

奈月のキルにより数的有利を崩されたからか、先ほどより多くの発砲音が響き渡る。

「……シンタロー、ログ」

奈月の一言によりログを確認する。奈月がキルをとったチームとは別のパーティがキルを量産していた。

GGG_Mongra。GGG_Rudolf。GGG_YKYK。GGG_charlotte。

頭文字のチームを示す三文字のアルファベット。それはヨーロッパ最強のプロゲーミングチーム、ＧＧＧ　Ｐｒｏに在籍していることの証明。

「しょっぱなからヨーロッパ最強とかち合うとはついてねぇなぁ。……気を引き締めていくぞ」

「……ほ、本物」

「トップチームとは言え、同じ高校生よ。気負う必要はないわ」

「奈月の言うとおりだ。王様（キング）の前ではみな等しく一般people（ピーポー）。……おっと、クイーンは特別だぞ？」

「いや俺も一般ピーポーでいいっす」

「ツンデレめ」

ＧＧＧとの戦闘は想定していた。

遠距離特化でエイム重視の立ち回り、それが目標の得意であるならば全く逆を押し付けるのみ。

「ポジションを変える。前衛（アタッカー）に俺とベル子とジル、後衛（バックアップ）を奈月。向こうが平地に出る前に管制塔に詰めるぞ」

「「了解」」

合宿の演習通り、エイム力という向こうの強点を潰すため屋内戦でゴリ押す。

ベル子の索敵が復活した今、足音が絡む戦闘じゃ俺たちは負けなしだ。

「……本当に私がアタッカーで大丈夫でしょうか……？」

「大丈夫だ。後ろには奈月がいるし、隣には俺とジルもいる。それにお前の索敵があればＳＧ（ショットガン）構えときゃどうにでもなる」

心配そうに俺の後ろをついてくるベル子。俺も大概だけど、こいつも相当ネガティブだよな。

まぁそういう性格のほうが屋内戦には向いてるんだけど……。

「ベル子、敵は？」

「一階の一番東の部屋に二人、三階の管制室に一人、もう一人は屋上で私たちとは反対方向の南側を向いています」

「奈月、ベル子の後ろについてくれ。ＧＧＧも奈月のキルで流れたログで俺たちを把握しているだろう。……俺が敵の立場なら、一番うれしい状況はキルした相手がたまたまベル子だったって状況だ」

「ならなおさら私が前に出るのは……」

「ＧＧＧは強敵だ、数的不利になるような状況はできるだけ避けたい」

銃口の数は多いほうがいい。奈月は外からでも狙えるけどベル子はそうはいかないだろう。

「合宿から必死こいて練習してきた撃ち合いを披露するチャンスじゃないの。死ぬ気でやりなさい」

「……そ、そうですよね……！　みくるも見てますしね……！　かっこいいとこ見せないと……！」

出鼻からヨーロッパ最強チームとはなかなか胃もたれする展開だけれど、仕方がない。

目の前に立ちはだかるなら正面から撃ち合う……ような真似はせず。火炎瓶と手榴弾をしこたまなげて背後から奇襲する。

「その意気だ、さぁ行くぞ」

ヨーロッパ最強との戦いが、始まる。

＊＊＊

シコク、軍事基地、管制塔。

ヨーロッパ最強チームＧＧＧとの決戦の舞台は横槍の入らない屋内戦だった。

「じわじわ詰めるぞ、射線を外すなよ」

日本で最もポピュラーな戦争ゲーム『将棋』では、駒の利きが重なるように囲い、そして攻める。

ＦＰＳでもそれは同じ。常にお互いの射線を重ね、接敵したとしても数的有利を崩さず撃ち合いで勝てるように立ち回る。どれだけ連射速度が速い武器でも、銃口の数で負ければ勝ち目はない。

「……敵、おそらく二人一組で動いてます。一組は屋上で索敵、もう一組はこちらに接近。現在は二階北側階段付近です」

当然、俺たちが寄ってきていることに敵は気づいている。しかしこちらには人間エネミーセンサーのベル子がいる。足音が聞ける範囲かつ撃ち合いにならない屋内。向こうが手探りで俺たちの居場所を探しているのに対して、こちらはミリ単位で敵の居場所を知ることができる。

この状況はまさに俺たちの得意。

情報さえあれば迷う時間は短縮され、動きに速さが生まれる。速さが生まれれば敵の予想外を突くことが可能になり、予想外が生まれれば敵に狙いの乱れが生まれる。

兵は拙速を尊ぶ。

少々まずい作戦でも素早く行動することが大事だと昔の軍師が説いたように、速さは戦いにおいてかなり重要な要素。

「まずは二人削る。奈月は一階の中央通路で北側階段方向を警戒しててくれ。決めきれなかった場合、そっちに逃げるからな」

「了解」

管制塔での立ち回りは何度も練習した。二階にいる敵を削るべく、俺とジルとベル子は敵が待っている北側階段とは反対の南側階段に向かった。

「敵の位置は？」

「……未だ変わりません。二階で撃ち合う気でしょうね」

「なるほどな、よほど射撃精度に自信があるらしい」

エイムに自信があるのは結構なことだけれど、それならもっと早くに勝負を仕掛けるべきだったな。

殺した敵の物資にかまけていたせいで俺たちがスモークを使って詰めてくるその時に攻撃することができなかった。屋内に侵入を許してしまった。怠慢プレイとまではいかないけれど、形勢を悪くするかすかな淀み。

国内じゃ敵無しになるくらいのエイム力がかえって彼らの立ち回りを鈍らせる。

「ベル子、ジル。SGモク作戦で行くぞ」

「えっ……あれ公式戦でやるんですか……？」

「当り前だろ、そのために練習してきたんだ」

このSG（ショットガン）モク作戦を可能にするためにこの数か月間、俺とベル子は一対一で泥沼の接近戦を死ぬほどこなしてきた。

作戦などと大仰な名前をつけているが、俺とジルはスモークを敵に投げるだけで後は何もしない。あくまで実行するのはベル子。

その作戦、戦術は、限定された状況下にのみ行うことのできるベル子にしかできない超近距離戦闘。俺たちがいれば逆に邪魔になる。

「じゃ、始めるぞ」

「健闘を祈る、ベル子」

俺の合図と同時に、ジルは発煙弾を敵のいるであろう北側階段に投げ込む。

カランコロンと音を立てて、一気に白煙をまき散らした。

「やられても文句言わないでくださいね！」

白煙の中に勢いよく飛び込むベル子。彼女のスキルを知らない人が見れば、何も見えない中敵陣に飛び込むヌーブプレイヤーに見えるだろう。けれど何も見えないというこの状況は、ことベル子においては凄まじいアドバンテージへと変貌を遂げる。オーダーは出さない。ジルも、奈月も、一言もしゃべらない。連携が必須のこのゲームで、情報の共有できない無言の時間はトロールと罵られても仕方がない行為だ。けれど、それでいい。

この沈黙はベル子が視るために必要な時間。

「……視えました」

ＳＧの爆ぜる音が聞こえた。それと同時に、キルログに敵の気絶が表示される。

「一人ダウンです！　煙幕追加お願いします！」

「了解」

あわただしく足音が動き回る。

お互い姿がほとんど見えないのに、なぜベル子の弾だけが敵にあたるのか？

答えは至極シンプル。彼女は目で見ていない。

耳で敵の位置を視ているのだ。

言葉にすれば馬鹿みたいにシンプルだけど、やられた敵はたまったもんじゃない。こちらは全く敵の姿が見えないのに、なぜか気絶を取られた。俺も初見なら何が何だかわからないだろう。最序盤、お互い防具がレベルの低いままでの撃ち合い。敵は簡単に溶ける。いや、撃ち合いと呼べるような平等な戦いじゃない。ベル子の天賦とも呼べる才能が可能にした一方的な蹂躙。

ショットガンの弾が気絶した敵の体に風穴を開ける。

それでも、もう一方の敵は一歩も引かない。ベル子の人外級の索敵スキルを知らないのだ。

追加された白煙によってさらに視界は悪くなる。

「ジル、ベル子のカバーに回るぞ。そろそろ屋上から敵が降りてきてる」

足音は俺には聞きとれないけど、さすがに一人やられたんだからカバーに回るだろう。

行動を開始した瞬間、ズガンと、ベル子のダブルバレルが轟音をあげる。また一人、墓標に名前が刻まれた。

白煙の中鮮血が舞い散る。赤と白のコントラストに、震えた。

こんな状況に追い込まれれば俺だって勝てない。何万人と観戦している今大会、世界は震撼する。全く異質のFPSプレイヤーが現れたことに。耳で視る、不可避の超近距離奇襲戦術に。

日本の可愛すぎる配信者(ストリーマー)『ベル子』に驚愕しているだろう。

彼女の名前が売れれば売れるほど、俺たちは強くなる。

敵は屋内戦を避けるようになり、強ポジがとりやすくなる。そればかりか手榴弾でもなんでもない発煙弾におびえるようになるのだ。

発煙弾で敵が屋外に飛び出したり引くようになれば、ジルと奈月のキル数も上がるし、俺の投げ物戦術にも幅が広がり、なおかつ生存率もあがる。

選択視が一気に増えれば、単純な戦術でさえも意識外の奇襲になる可能性も出てくる。

これがベル子の理想形。いるだけで敵が怯え、チームの底力が一気に上がる最強の斥候。

「ふぁっ！　敵！」

またもや鈍い発砲音が管制塔に響き渡る。階段から降りてきた敵にベル子が鉛玉をぶち込んだ。

「や……やっつけました!?」

「なんでお前が驚いてるんだよ」

不用意に近づいてきた敵であれば、いくら撃ち合いが苦手なベル子であろうと簡単に仕留められる。

白煙の中、わけもわからず二人削られたのだ。そりゃ慌てるよな。

「ＧＧＧを三人も……！　今日はツイてます！」

「運なんかじゃない。正真正銘お前の力だよ。ベル子」

ヨーロッパ最強を壊滅させるほどの斥候。特定の状況であれば絶大な火力を発揮する。

ＧＧＧ期待の新人たちには同情せざるを得ない。初見でこの戦術に対応しろというほうが無理だ。

「ラスト一人、みくるちゃんにかっこいいところ見せるんでしょ。さっさと突っ込みなさい」

淡々と告げる奈月、一見冷めたいように見えるけれど、ＧＧＧ相手に撃ち合いして来いなんてベル子のことをよっぽど信用しているのだろう。

「ベル子、背中は任せろ」

「安心しろ、キングがついてる」

勝負に徹して、ベル子を前に出す。ベル子を撃てばウチの脳筋火力コンビにハチの巣にされ、後ろにいる奈月たちを狙えばベル子のＳＧの餌食になる。数的有利を勝ち取った時点で、この勝負は必勝。

「決めてこい、ベル子」

「はいっ！」

階段を駆け上がるベル子。その後ろを三人でカバーする。足並みを合わせることを忘れない。

彼女は足音で敵の呼吸さえ視ているのだ。敵が屋上で引いて、射線が切れるその刹那。距離を詰める。

「私はなる！　世界で一番強い配信者(ストリーマー)にっ！」

ＳＧが、ＧＧＧ最後の敵に風穴を開ける。ヨーロッパ最強のチームを、ベル子はたった一人で全滅させた。

＊　＊　＊

フェーズ１の安地収縮が終わり、フェーズ２の安地が決まった。

結果は中の下。

シコクに安地は寄らず、本島中央付近に設定された。

物資は潤沢なものの、橋を渡るというリスクを冒さなければならなくなったのだ。

「まぁそんなうまいこと行くわけないよな」

「どうするの？　海を渡ってもいいと思うけど」

奈月の提案に首を振る。

ボートで渡るのも悪くはないけれど、安地が少しばかり遠い今では速さに欠ける。

「……いや、いつも通り橋を渡る」

定石はずれの選択。

「了解」

「シンタロー（クィーン）に従おう」

「車持ってきました！」

一見リスキーに見える作戦だけれど、文句ひとつ言わず迅速に動く仲間たち。

合宿中に懇々と公式大会でのムーブ、プランを説明したのでその影響もあるだろう。

橋を選択したのには理由がある。

決勝ラウンドは予選ラウンドとは違い、たった一度の勝負ですべてが決まる。不用意な一手は簡単にチームの敗北を招く。

よって、リスクを犯して検問している確率は限りなく低い。

と、俺は見ている。

軍事拠点管制塔付近から車を調達し、俺たち『UnbreakaBull（アンブレイカブル）』は車に乗って次のポジションへと移動を開始する。

素早い行動が結果を左右する。数秒でさえ無駄にできない。

「検問されてたら頼むぞ、ジル、奈月」

可能性は低いとはいえ、ＦＰＳに絶対はない。

もしもの可能性を考慮し、ウチの火力コンビに声をかける。

「任せろ」

「わかってる」

うるさいエンジン音を縫って聞こえてきた頼もしいセリフ。

今後のプランを説明しようとしたその瞬間。キルログに無視できない名前が表示される。

「ダイアモンドルーラー……！」

奈月の怒気を孕んだ声を聴けば、ルーラーが死亡したログではないことは理解できるだろう。

アジアトッププレベルのプロゲーミングチーム『ｔｅａｍ　ｈｅａｖｅｎ』をルーラー含め、ＶｏＶの面々が全滅させたようだ。

「……銃声は？」

「聞こえませんでした」

車の騒音にかき消されたのか、キルログが流れた時点で俺には銃声は聞こえなかった。

ベル子の並外れた聴力でも聞き取れなかったようなので、おそらくＶｏＶは近くにはいないだろう。

『ＧＧＧ』を倒したことによって浮つきかけていた気持ちがグッと地面に押さえつけられるようだった。

「勝つぞ」

そうつぶやくと、各々小さな返事を返す。北米最強のチーム『ＶｏＶ』は一年後に開催される世界大会はもちろん、今後幾度となく戦うことになるであろう宿敵。

今大会はその前哨戦。ｅスポーツ後進国と馬鹿にされる日本に、忍者や侍がいると言うことを世界に証明するチャンス。

橋が見えて来た。リスクを背負うのはここが最初で最後。この橋を渡りさえすれば、潤沢な物資というアドバンテージを活かして有利に立ち回れる。

「奈月、橋奥警戒。ジル、敵見えたら殺せ」

「「了解」」

短くオーダーをとばす。彼らの集中力を少しでも削ぎたくなかった。車体が小さく揺れ、橋に突入する。最高速度を維持。攻撃はまだない。橋中央付近、攻撃はまだない。

「敵、見えない。車もない」

奈月からの情報に俺は無言でうなずく。俺自身が目視した結果と同じ結論。やはり検問されている可能性は限りなく低い。

「よし、このまま橋を突っ切るぞ」

そう指示を飛ばす。たった数秒だったけれど、橋を渡っている最中の時間は何倍にも感じた。それほどまでに通常ならリスクの高いムーブなのだ。

「橋抜けました！」

ベル子の報告に安堵する。検問するうえで最も強いとされるポジションに敵はいない。やはり当初の予想通り、公式大会で検問をされる可能性は限りなく低かった。

「予定通り、橋から離れて小屋に芋るぞ。そこで安地収縮を待つ」

俺はこの時、自分のオーダーすべてが完璧だと思っていた。なぜなら、その時の状況に合わせた最善手を常にうち続けていたからだ。次の立ち回りを確認しようと、視線をマップに映した瞬間。

ベル子の叫び声が俺を現実に引き戻す。

「真正面！　敵ですっ！」

「はぁ!?」

真正面、敵。その単語の意味を、マップから顔を上げるまで全く理解できなかった。

目視できるだけでも、およそ六人。

その六人が、真正面にあるガソリンスタンドでこちらに銃口を突きつけていた。

俺は慌てて指示を変える。

「ベル子！　右に逃げるぞ！」

「わかりましたっ！」

検問するべきである橋の出口の強ポジとはまったく無縁の、少し外れにあるガソリンスタンド。

検問を警戒しすぎて、最善手から外れた場所は無警戒だった。

そこで四人組戦闘(スクワッド)であるにもかかわらず、六人以上の敵がこちらに銃口を向けている。

その理由をすぐさま考えるけれど、答えは出なかった。

「撃たれてる！　撃ち返すぞッ！」

「頼むッ！」

無数の弾丸が車体を襲う。ジルの反撃も虚しく、みんなのＨＰがどんどん削れていく。

「まさかチーミング……ッ!?」

禁止行為である同盟行為。そうとられてもおかしくない状況を打開する為、俺は必死に脳みそを回していた。

四人以上の敵に狙われる。こんなことＲＬＲを始めて以来一度もなかった。

「くそ……なんなんだよこの状況！　反則だろ！」

ガソリンスタンドで待っていた敵は少なくとも六人。

その六人が、すぐ隣にいるチームと結託して示し合わせたように同時に攻撃してきたのだ。

「いや……チーミングなどでは無い」

ジルが珍しく反論して、そして淡々と続ける。

「軍事拠点、管制塔での銃声はここまで聞こえる。キルログと示し合わせれば俺たちが橋を渡ってくると予想できたはずだ。それに、先ほどのひと悶着で俺は気絶をとってしまった。キルログに名前が載った」

「……もし仮に俺たちがここに来ると予想できたとして、何故複数のチームが俺たちを攻撃するんだ？　今大会は順位ポイントの方が得点が高い。なら最善手は生き残るために安地内の強ポジを狙うべきだろ」

事実、俺ならそうする。普通に考えればこの状況はおかしいのだ。

安地外であるガソリンスタンドは強ポジどころかすぐさま移動すべきポジション。

俺たちのことなんて放っておいて隣にいる敵を攻撃、もしくは逃げるべきなのだ。

俺の疑問に対して、奈月が答えを出す。

「……シンタローが銃声だけで演技していた状況とは違う。彼らは私たちに背中をとられている時点でもう逃げられないと腹を括ったのよ。私たちがＶｏＶを倒そうとするように、彼らも私たちを倒そうとしているの。隣にいる敵とにらみ合いながら、本気でね」

奈月がＶｏＶの名前を口にした瞬間。かすかにＭ２４の銃撃音が聞こえた。キルログに名前が表示される。『ダイアモンドルーラー』。

「ベル子、場所は？」

「……中央市街地、ですね」

橋を渡った先にあるガソリンスタンド。その先にある中央市街地。俺たちの目指す場所に待ち構える最大の壁。安地がどんどん狭まる。

正面には毒ガスに飲まれてでも俺たちを殺そうとする無数の敵。それを越えた先に今大会最強の宿敵。目立つ遮蔽物はない。真っ向勝負を押し付けられている。からめ手は通用しない。

はっきり言わなくとも理解できる。絶体絶命の状況。

「……そりゃ、簡単にてっぺんとらせてくれるわけないよな」

ここにいる選手（プレイヤー）は、一人の残らず最強を夢見る血なまぐさいゲーマー。

定石が簡単に通じるほど甘い戦いじゃなかった。

「ジル、オーダー変わってくれ」

一番得意な武器、ＳＭＧ Ｖｅｃｔｏｒ（ベクター）に切り替える。

軍事拠点の潤沢な物資のおかげでフルカスタム、弾薬もたっぷりある。

「ポジションは全員アタッカー。真正面から押し通る」

「「了解」」

ノータイムで返事をする仲間たち。すでに覚悟はできていた。

＊　＊　＊

息をひそめる。

真正面には、今大会優勝候補筆頭チーム『UnbreakaBull（アンブレイカブル）』。

俺たち『MoMotarou gaming』は、隣にいた敵を無視して、最強が隠れているであろう丘陵にエイムを合わせている。

「わかちゃん！　安地やべぇで！」

幼馴染で同じゲーム部に所属している。アヤメが悲痛な叫びをあげる。やばいのは百も承知。

それでも引けない、引いてはいけない。普段であれば一目散に逃げる状況ではあるけれど、となりに敵パーティがいる今、先に背中を見せた方がやられる……。この局面はそんな匂いがする。

「……どっちみち、あいつらに背中見せた時点で殺される……俺らが生きる道は隣の敵と協力して『ＵＢＫ』を倒すしかねぇんじゃ」

「でも、それって反則じゃ……」

「ボイチャでやり取りしとるわけじゃないしセーフじゃ！　とにかく奴らはここで倒す！　ここで勝てんのんじゃったら日本一なんて夢のまた夢！　アヤメ！　ケンタ！　エンジ！　気合い入れろよ！」

「「おう！」」

俺は、幼いころから外で遊ぶ代わりに家の中でしこたまゲームをしてきた生粋のゲーマー。誰にも負けないくらいマウスを握ってきたし『ＲＬＲ』に関してはリリース当初からやりこんでいる。

そんな奴らが四人集まってできたのが俺たち『MoMotarou gaming』。

保育所も小学校も中学校も高校さえも同じところに進学して、ゲーム同好会なんてものも作った。

みんなで同じファミレスでバイトして高いＰＣを買ったり。勉強そっちのけでプロゲーマーの立ち回りを研究してノートにまとめたり。部室に泊まって夜通しゲーム合宿なんてのもした。

掲げた目標は『日本一』。

それを達成するために、文字通り血のにじむような努力をしてきた。

そして、何百何千チームもいた予選を突破して、ようやくたどり着いた本選。俺たちのチームに『天才』はいない。楽な戦いなんて一度だってなかった。それでも十年以上の付き合いを活かした連携を武器に、ここまで何とか勝ち上がってきた。

敵は日本ＲＬＲ界のオールスター。

勝率六割強、絶対に死なない世界最強の芋『sintaro（シンタロー）』。

一撃必殺の理不尽な悪魔、アジア最強スナイパー『２Ｎ（ツーエヌ）』。

変態反動制御、撃ち合い最強、自動小銃の王様『Zirknik（ジルクニフ）』。

ミリ単位での索敵チート、美少女トップ配信者（ストリーマー）『BellK（ベルコ）』。

ＦＰＳの神様がいるなら一発ぶん殴りたいレベルでタレント揃い。

……力の差は歴然。けれど同じ高校生、付け入るスキは必ずある。

「勝つ……絶対に……！」

そうつぶやいた瞬間、敵が動く。

「は……？」

一瞬、あっけにとられる。敵は一人、何もない丘を歩いてこちらに向かってきている。

「なめてんのか……っ！」

「わかちゃん！　まっぽで出てきてるけど撃っていいの!?」

「撃て！　ハチの巣にするぞっ！」

体をかたむけてリーンで覗く。

いくら『UnbreakaBull』とはいえ何もない場所で撃ち合えば速攻で溶けるはずだ。

格下だと思って甘く見たことを後悔させてやる。引き金に指をかけたその時。俺の幼馴染の頭がふっとんだ。

「……え？」

重たい銃撃音と、頭に鉛玉が食い込む鈍い音。

「アヤメっ！　頭引っ込めろ！」

すぐさま撤退を促すけれど、もう遅い。

無情にも大切な仲間の気絶を知らせるログが表示された。

「こっちのほうが先に覗いたのに……そ……んなん……むりじゃろ……！」

えげつない反応速度。変態的な反動制御、集弾率。キルログの名前を見なくてもわかる。

「ジルクニフ……っ！」

すぐさま銃口を合わせて反撃しようとしたけれど、後方から飛んできた発煙弾に身を隠す自動小銃の王様。

「スモークに隠れた、わかちゃん！　弾ばらまいてもええか!?」

身動きできない敵に対して攻撃しようとするケンタとエンジ。

「馬鹿！　お前ら頭出すなっ！」

警告もむなしく、ケンジの頭が脳漿をまき散らして吹っ飛んだ。

「ケンジ！」

Ｋａｒ９８ｋの音が、後から聞こえてくる。

気絶なしのワンパン。たった一撃で、ここまで積み上げてきたものをなかったことにされる。

理不尽すぎる一撃必殺。

「２Ｎとジルクニフが前に出て来とる！　いったん引くぞっ‼」

悲鳴にも近いオーダーを飛ばす。

思いあがっていた……っ！　仲間を一瞬のうちに殺されて高ぶっていた戦意が一気に萎える。

あんな化け物集団と真正面からぶつかって勝てるわけない。

……勝つ可能性があるとすれば、エイムなんて関係ない泥沼の近距離戦ッ！

一縷の望みにかけて接近戦に持ち込むべくオーダーを飛ばそうとするけれど、俺の声を手榴弾の音がかき消す。

キルログが目まぐるしく更新された。隣の建物から手榴弾とショットガンが爆ぜる音が聞こえる。

先ほどまで熾烈な争いを繰り広げていた敵が、いともたやすく狩られている。いつの間に詰めたのか、それすら考察する余地もない。

逃げ惑う足音。それにぴったりついていく二つの足音。

サブマシンガンの音が、狩られていく羊の断末魔のように聞こえた。

隣にいた敵が、屋内戦最強コンビ『シンタロー』『ベル子』に喰われている隙に逃げる。

俺の頭の中にあった作戦はたったそれだけだった。ガソリンスタンドの裏手に止めてあった車に逃げ込もうとする。

けれど。裏手の扉を開いた瞬間、車が爆ぜた。

「そんな……」

見えてもいないのに車両の位置を予測して手榴弾で破壊する。そんな芸当できるプレイヤー、一人しか知らない。背筋を冷え切った汗が伝う。

『一人残らず殺す』

UnbreakaBull（アンブレイカブル）のオーダーに耳元でそうつぶやかれたように感じた。

「こんなん……勝てるわけない……」

オーダーが口にしてはいけない言葉を口にしてしまう。

「殺されるっ……！　早く逃げるぞっ！　スモーク焚け！」

戦意喪失した俺たちは無我夢中で近くの森林に逃げ込もうとオーダーをとばす。

けれどそれを、奴らが許してくれるはずもない。

行こうとする先々を『逃げるなちゃんと殺されろ』と言わんばかりに手榴弾が転がってくる。

けれど爆発に巻き込まれて死ぬことはない。せいぜい爆風に身を焦がされる程度。

知っている……。

投げ物特化の世界最強は、わざと爆発までに時間を残して進行方向を限定しているのだ。

俺は何度もこの戦術を動画で見たことがある。結末も、もちろん知っている。

「このバケモンが……早く殺せよぉっ!!」

ごんっ。自分の頭に銃弾がめり込む音を聞いて、画面が暗転した。

頭を抜かれたのだ。敵のオーダーに進行方向を操られて、まんまとアジア最強のスナイパーの射程圏内に誘導されたのだ。シンタローと２Ｎの、以心伝心という言葉だけじゃ足りないくらいの完璧な連携。

動画で見ているときは芸術的な連携だ。なんてぬるいことを考えていたっけ。

「くそが……」

シンタローが世界最強であるにもかかわらず、なぜあんなにもゲーマーの間で叩かれているかようやく理解した。

絶望。

あいつの勝ち方には隙がなさすぎる。百回やっても、百回殺される。そう思わせるほど傍若無人なまでの強さ。惜しかったなんて、こうしたら勝てたなんて、思わせない。

負けた後心に残るのは、住む世界が違う怪物に、俺たち人間が勝てるわけがない。そんな絶望だけ。

「……」

青春をかけた試合に負けたのに、涙は全く出なかった。

ラウンド7　ステラ対ダイアモンドルーラー

「し……死ぬかと思った……」

ガソリンスタンドで合計八人をキルした俺たちは、毒ガスに背中を焼かれながらも何とか安地内である丘陵のくぼ地に身を隠していた。

「ぎりぎりの戦いでしたね……」

「あぁ……最終決戦ばりに緊張感のある戦いだった」

オーダーをジルに変更。真正面からの撃ち合い。決死のキルムーブ。

本来であればそんなリスクの高いムーブは避けるんだけど、安地や敵の半ばチーミングのような動きに対してそうせざるを得なかったのだ。

「そうか？　案外楽勝だったようにも思えたが」

「そうね、敵もそこまで撃ち合い強くなかったし」

うちの火力コンビは先ほどの激戦を、むしろ物足りないくらいの感覚で語る。

「「これだからエイムゴリラは……」」

生粋のイモインキャである俺とベル子は口を揃えてそう言った。

全く違うタイプの四人だからこそ様々な状況に対応できる。それが俺たち『UnbreakaBull（アンブレイカブル）』の強み。

けれど先ほどの『敵の目の前に躍り出て、射線が合った瞬間に撃ち勝つ』というジルの脳筋オーダーにはさすがに肝を冷やした。

「all or nothing（オール オア ナッシング）。とにかく勝ったんだ。よって俺たちはすべてを得た。何も問題は無い」

「ほんと、お前のそのメンタルは尊敬するよ」

俺なら絶対に出せないオーダーだからこそ、結果的に敵の裏を掻けたのかもしれない。

ジルの言うとおり、とにかく俺たちはあの圧倒的不利な状況から勝利したのだ。そのおかげで物資も潤沢。

……残るは最終安地の可能性が濃厚な中央市街地に、王者の如く君臨している『VoV』を倒すだけ。

文字通り最終局面。すべてが中央市街地で決まる。

けれど俺たちは、もうすぐ安地収縮が始まろうというのに、安地外れのくぼ地で思うように動けずにいた。

ここから中央市街地までふきっさらしの野原。もちろん徒歩で行くなんて論外。

かといって、車で行けば北米最強のスナイパーに無防備に頭を晒すことになる。

ガソリンスタンドでの銃撃音、キルログ、そして車の音。

抜け目のない鮮血の皇帝がそれらの情報を見逃すはずがない。

俺たちが中央市街地めがけて移動を開始すれば、勝負が始まる前に終わる。

さしものジルと奈月でも、車上でダイアモンドルーラー、グライムを相手にするのは無理がある。

「タロイモくん……流石に移動しないとまずいんじゃ……」

「まぁ待てベル子。そろそろだ……そろそろ来るはずなんだ……」

慌てるベル子を制す。俺は待っていた。予選で何度も手を焼いた、電波で中二病で俺の自称弟が絶対王者の前に立ちふさがる瞬間を。

「シンタロー！　キルログ！」

「……ようやくか」

奈月の一言ですべてを察する。俺はすぐさまキルログを確認した。

『ステラ』

予想通りの名前がキルログに表示された。もちろん殺された側じゃなく、殺した側。

ベル子に聞かなくてもわかる。銃声からして場所は中央市街地。

そこに芋っていたチームの片割れをステラがサブマシンガンでハチの巣にしたのだ。

「タロイモくん、車の準備できてます！」

「よし、移動するぞ」

「「了解」」

車によって移動を開始する。ログ管理によって、ステラが俺たちとは反対方向の北側にいたのは知っていた。だから待った。絶対王者と、今大会のダークホースである彼女がかち合う瞬間を。

ＶｏＶとはいえ、うざすぎる俺の自称弟を相手にしながらでは俺たちへの警戒は緩めざるを得ないはずだ。

生き残るためには、最終決戦の地に赴くには、絶対にこのタイミングしかない。どちらが勝っても俺たちがつけ込む隙になる。漁夫の利こそ、このゲームの必勝法。

「いいか？　練習した通りに事を進めるぞ」

中央市街地が最終安地になるとは予想していたわけじゃない。

けれど、大きな市街地が最終安地にかぶった場合に行う戦術は嫌になるくらい練習してきた。

ここに至るまでイレギュラーはあったけれど、大きな市街地がかぶる今回のラウンドの最終安地は願ってもない状況というわけだ。

俺たちのすべてを『ＶｏＶ』にぶつけることができる。

「グライムにはジルを、ルーラーには奈月をあてる。そのほかは俺とベル子で抑える。……プレッシャーをかけるようで悪いけど、この作戦はお前たちが奴らに撃ち勝てるかどうかですべてが決まる……頼んだぞ」

『UnbreakaBull（俺たち）』の最高火力を、『ＶｏＶ』の最高火力にぶつける。

今回の作戦はそういう作戦。

まぁ……ある程度有利になるように立ち回るけれど、あの化け物たちと射線を交えるということはそれなりにリスクを伴う。ジルと奈月が撃ち負ければ、一人欠ければ、絶妙なバランスで保っていたチームの連携は簡単に瓦解するのだ。

「安心しろクイーン、王様（キング）に敗北は無い。ましてやあのまがい物の皇帝なんぞに遅れをとってたまるか。……あいつが、俺たちのチームを『お遊び』といったツケをきっちり払わせてやる」

いつも以上に感情的になるジル。人一倍仲間思いな彼のことだ、俺たちのことを馬鹿にされたのが本当に悔しかったのだろう。……それは俺も、いや俺たちも一緒だ。

「お前が通る道は俺が用意する。暴れて来い」

「……The Princess's request（姫の頼みとあれば）」

いつものよくわからん英語も今回ばかりは頼もしく聞こえる。

ジルのメンタルはオリハルコン級に固い。いつも通り実力を発揮してくれるだろう。……問題は。

「……心配しないで」

俺の心を読んだかのように返事をする奈月、仲が悪すぎるとはいえやはり幼馴染……いや、2Nさんであれば俺の考えていることを読むなんて造作も無いことか……。

「私は勝つ。北米最強のスナイパーに、ダイアモンドルーラーに勝つ」

語気を荒げるわけでもなく、淡々と続ける。

「……あいつに勝たなきゃ、世界最強なんて夢のまた夢なのよ」

奈月の声音が暗くなる。2Nさん……いや、奈月の目的は世界ランキング一位。

つまり俺を超える、俺より強くなることを彼女は目的としている。

純粋なFPSゲーマーであれば、強さを追い求めることに対して深い理由なんかないけれど、奈月に関してはそれは当てはまらない。

劣等感からの脱却。俺が考えるに、奈月が強さを追い求める理由はそれだ。

俺が過去に与えた幻影、強くならなければ捨てられる。その幻影に今も彼女は囚われているのだ。

仲間だ。離れることなんて絶対にない。そう俺が甘言を漏らそうとも彼女は納得しないだろう。

勝たなきゃ、強くならなきゃ、変われない。奈月の気持ちは痛いほどわかる。かつては俺もそうだった。親を失った悲しみを、すべてＦＰＳにぶつけていた。無力な自分を忘れ去りたいがために強さだけを追い求めた。

その原動力はまぎれもない劣等感。

今の奈月は過去の俺に、強くならなければすべてを失うという恐怖に駆られながらＦＰＳをしていた俺によく似ている。

だからこそ、奈月が味わうであろう強さの果てにある感情も俺は予測できる。

たった一人の強さの果てにあるもの、それは、耐え難い孤独感と虚しさ。

人は強さ単体を追い求めているわけではない。強さに付随する賞賛、羨望、嫉妬。認められたいという気持ち、承認欲求を満たすため。自分以外の誰かを守るため、認められたいがために強さを追い求めるのだ。

よって、自己完結で、一人で強くなったって心は満たされない。どんどん上がるキルレートを見たって永遠に満たされることはない。

強さという底なしのテーマに精神を蝕まれ続け、満たされることのないまま延々とスコープを覗き続けるのだ。

実際に俺はそうだった。負けたくないから必死に頭を回して、常に最善を求め続ける。そこにＦＰＳをプレイする楽しさなんて介入していない。あるのは背中をじりじりと焼き続ける劣等感と、それから逃れたいと思う感情だけ。

……奈月には、そうなってほしくはない。奈月が……２Ｎさんが、俺をその地獄から救ってくれたように。

俺も彼女を救いたい。ジルやベル子がいるこのチームなら、強さのその先にある大切なものを奈月に伝えられるはずだ。

「世界最強と戦えるまたとない機会だ。めいっぱい楽しもうぜ」

「…………当然でしょ」

すこしおどけてそう言うと、奈月の声音が少しだけやわらかくなったような気がした。

＊　＊　＊

安地収縮がフェーズ４に差し掛かった頃。

私たち『ＶｏＶ』は中央市街地北西の区域を陣取って、宿敵であり、私のつがいでもあるしんたろを待っていた。

「ルーラー、奴だ」

グライムがため息交じりにそうつぶやく。

「奴って誰？」

オーダーのくせに主語が足りない彼に対して私は若干いらつきながら返答する。もし敵がしんたろであればこの一瞬の隙に付け込まれる可能性だってある。

相手はバトルロワイヤルＦＰＳの歴史史上、間違いなく最強のプレイヤー。一瞬だって油断できないのだ。

「……ステラだ。シンタローのムーブにそっくりな韓国人。お前も気にしていただろう？」

その名前を聞いて高まった戦意が一瞬で萎える。戦意の代わりに湧いてきたのは、どす黒い嫌悪感だった。

「あぁ、あの偽物ね。それがどうかしたの？」

私は平常心を装って、グライムに返答した。あんな雑魚に心を乱されていると勘違いされたくなかったのだ。

「……おそらくそいつは俺たちと同じ中央市街地にいる。ルーラー、銃声とキルログはしっかり把握してくれ」

「私はしんたろを本気で殺す。それ以外の有象無象はあなたたちでどうにかできるでしょ」

「そうもいかないだろう。彼女……いや彼だったかな？　とにかくステラは強敵だ。警戒しておいてくれ」

「……」

しんたろの偽物ステラ。……いや、偽物というのもおこがましい。

あいつはしんたろのムーブを模倣しているように見せかけて、全く別のムーブをしているみっともない道化。

投げ物や足音の聞かせ方などは若干似ているけれど、それだけ。しんたろの立ち回りと比べればお粗末極まりないものだし、全く理にかなっていない。むしろしんたろのムーブに寄せようとするあまり自身の立ち回りに綻びが生まれている。

その綻びは、今大会の平均レベル、つまり雑魚には咎められないわずかな綻び。けれど、世界ランカー相手ならそのわずかな綻びでさえ致命傷となりうる。

ステラの気持ちの悪いところはそれだけで終わらない。

綻びを、淀みを、ディスアドバンテージを、持って生まれたまぁまぁのエイム力で補っているのだ。よって、今大会程度のレベルなら多少無理矢理だけれど撃ち勝ってしまう。

素人目にはあたかもしんたろのムーブを成立させているよう見えてしまうだろう。

私はそれが許せない。しんたろのムーブはもっと強靭で狡猾で残忍。必要じゃないリスクは一つも負わない。相手も殺すためなら手段を択ばない。そんな勝ちに終始した美しい……いや、美しすぎる立ち回りなのだ。……それを……土足で踏み入り、汚すクソ女。

「……Fu◯k off…………」

何も見えていないくせに、私としんたろの間に割って入ろうとするクソ女。……２Nだって一緒だ。

あいつらはなにも見えてない。だからしんたろに追いつくなんて妄言を吐けるのだ。しんたろの心の虚を埋められるのは、私だけ。私の心の虚を埋められるのも、しんたろだけ。

どれだけ強くなろうとも満たされないこの心を、最強なら埋めてくれる。

ほかの雑魚なんていらない。強い私ともっと強いしんたろだけで。ダイアモンドルーラーとシンタローだけで、完結するのだ。

「ルーラー！　ステラが詰めてきている！」

「……わかってる」

本当、鬱陶しい。力の差というものを愚物には理解できないのだろう。

……仕方がないので理解させてやる必要がある。私はアサルトライフルからM２４（スナイパーライフル）に持ち替えて、ステラがいるであろう区画の方へ移動を開始した。

＊　＊　＊

「はぁ……はぁ……っ！」

味方三人を失いながらも、僕は最終安地になるであろう中央市街地にたどり着いた。

おそらく、この区画には奴がいる……。北米最強のスナイパー。ダイアモンドルーラー。

ここまできて、チームの人選を誤ったとひどく後悔する。数合わせのつもりで公式大会に興味のあるミーハーを三人連れてきた。実力も人格も性別さえもどうでもよかったのだ。僕にとっては兄さんと戦うことがすべて。兄さんと銃口を合わせることができればそれでよかったのだ。

けれど、それじゃダメだった。兄さんには勝てなかった。

「っ!?」

一瞬。ほんの一瞬。建物の屋上から、何かに反射した光が目に入る。嫌な予感が全身を貫く。これはまぎれもない、死の予感。

体をとっさにかがめると、先ほどまで自分の頭があった場所に鋭い風切り音がした。

反射した光は、純白のM２４の銃身。見なくてもわかる。世界最高速のクイックショット。

「ダイアモンドルーラー……！」

僕はすぐさま近場にあった建物に転がり込む。敵は四人、いやもっといるかもしれない。

北米最強のスナイパーに鮮血の皇帝、ここに兄さんまでくれば僕に勝ち目は無い。

最善手は短期決戦。ルーラーにカバーが入らないくらい速く、泥沼の接近戦に持ち込む！

「…………いや、ダメだ。兄さんならそんなことはしない」

考えても考えても、泥沼の近距離戦という戦術しか思いつかない。

知っている……僕は……いや、私は……兄さんの立ち回りを模倣しようとあがいている道化でしかない。

憧れの人に少しでも近づきたくて、ただうわべをなぞっているだけの紛い物なのだ。

兄さんと戦う前の私なら、根拠のない自信を武器に、立ち向かうこともできたかもしれない。

でももう、気付いてしまった。本人に否定されてしまった。

圧倒的なプレイヤースキルに、為す術もなく殺された。反撃の余地もなく、百回戦って百回殺されると確信してしまうくらいの絶望的なまでの実力差を見せつけられてしまったのだ。

お前は俺にはなれない。そう告げられたのだ。

次の一手も決められず屋内でまごついていると、その行動を咎めるように手榴弾が投げ込まれる。

「くそ……！」

爆炎に肩を焼かれたまらず外に飛び出そうとした。けれど。逃げようとした先に、７．６２ミリ弾が撃ち込まれる。

「なんで当てないんだよ……っ！」

ルーラーなら今の一撃で私を殺せたはずだ。なのに、それをしない。はたから見ればトロールだと罵られる行為。けれど、兄さんに格の違いを見せつけられ、否定されてしまった今の私からすれば『シンタローならそんなヌーブはしない、紛い物なんかいつでも簡単に殺せる』と、咎められたように感じた。

逃げる。建物の隙間を縫って、ひたすらに逃げた。

それでも彼女は追ってくる。追ってきて、私の逃げようとする先々に弾丸を撃ち込むのだ。

身を貫く弾丸じゃなくとも、ルーラーの狙撃は的確に私の心をえぐった。

何度も、何度も、北米最強のスナイパーは外す。確実に殺されると思った明確な隙でさえ。彼女は私を殺さない。左足を貫き『もっと醜態を晒せ』と、逃げの一手を強要されるのだ。お前は気持ちの悪い偽物だと、耳元でそうつぶやかれたような気がした。

私は紛(まが)い物。兄さんみたいな本物じゃない。

現実では、同級生に陰湿ないじめを受けるような日陰者で、学歴社会を生き残ることもできない弱者。

弱い自分を変えたくて、情けない自分を変えたくて。偽物の自分を作り上げた。

私は最強の弟なんだと、血がつながっているんだと、そう思えば地獄のような日々も幾分かマシになった。

妄想の中に生きれば、じりじりと背中を焼く劣等感を、痛みを忘れることができた。強くならなきゃ、強くなれなきゃ変われない。誰にも負けないくらい強くなれば、兄さんに覚えててもらえる。強くておかしなやつを演じれば、兄さんに忘れられずにすむ。

私は、弱くて惨めで虚構にまみれた紛い物。

「だけど……それでも、それでも……！」

分不相応にも、あこがれてしまったのだ。モニターの先にいた最強に。

どんな逆境にいても、勇気と知略と計略で必ず勝ってしまう。

光り輝く星(ステラ)に。

「私はなるんだ……！　兄さんみたいな強い男に……ッ！」

折れそうな心を無理矢理奮い立たせて、銃を構える。

ルーラーは私をなめ切っている。その慢心を突くしか私に勝機はない。

無警戒に私の目の前に躍り出る北米最強のスナイパー。周りには隠れられる遮蔽物なんてない。

撃ち合える……！

期せずして到来した好機。望んでいた泥沼の近距離戦。すぐさま照準（エイム）を合わせる。

兄さんの顔が、走馬灯のように脳内を駆ける。

ルーラーを殺して……私が兄さんの隣に……！

「だめ、しね」

「…………えっ」

底冷えするくらい冷淡な声。

私の思考を読んだかのように、ボイスチャットをオンにしてダイアモンドルーラーはそう呟いた。

ごりっ。それと同時に、ヘッドセットから鈍い音が聞こえる。

「……超高速エイム(クイックショット)……っ」

しばらくして、画面が暗転した。

＊　＊　＊

「どうやら終わったようだな」

俺の自称弟の名前がキルログに表示される。

銃撃音を聞く限り相当な熱戦だったようだ。あのダイアモンドルーラーが何発も外すなんて普通ならあり得ない。

正直、ステラが一方的にやられると予想していた。FPSを始めて間もない彼が持って生まれた才能だけであの北米最強スナイパーと渡り合うなんて想像できなかったのだ。

一万時間に迫る勢いでゲームをやりこんでいるプレイヤーと、始めてまだ数か月のプレイヤー、才能が同程度であれば勝つのはプレイ時間が多いほうに決まっている。

けれど……ステラは持って生まれた才能だけで、あのルーラー相手に一分以上持ちこたえたのだ。

本当に末恐ろしい自称弟である。

現時点でもかなり厄介な相手だけれど、次戦う時はさらにプレイヤースキルが磨かれているだろう。

胃が痛い……。まぁ……その未来の強敵のおかげで俺たちは安地内に詰めることができたんだけど。

「敵の残り四人は、全員ＶｏＶで間違いないな？」

問いに対して、ログ管理をしていた奈月が答える。

「ええ。一人も落ちていないわ」

生き残っている人数は八人。俺たちを引けば四人。

つまり、最終安地になるであろう中央市街地に生き残っているのは『UnbreakaBull（俺たち）』と『ＶｏＶ』のみというわけだ。

本来であればこの段階で生き残っている人数が八人なんておかしい。

市街地というプレイヤーが集まりやすい場所に安地が寄ったのと、ＶｏＶがそこで出張ってプレイヤーを狩りまくったのが、このあり得ない状況が生まれた原因だろう。

ともかく、漁夫の利が望めず、横やりが入らないこの状況はエイムゴリラ揃いのＶｏＶが若干有利。

俺たちのいる場所は中央市街地東区域。ＶｏＶは西区域。

お互いの居場所は割れている。文字通り真正面からのぶつかり合い。

この戦いを制した方が正真正銘、日本一……いや、Ｕ１８世界最強の称号を手にすることができる。

マウスを握る手が汗で滲む。

「奈月、ジル、ベル子……ここまで来たらあとは楽しむだけだ。ＶｏＶは強敵、悔いが残っても、楽しかったって笑えるようなムーブにしよう」

ガラにもないことを口にする。決勝に来るまで、本当にいろいろなことがあった。

腹黒すぎる美少女配信者(ストリーマー)と世界新記録を懸けてチーターと戦ったり。

「タロイモくん！　再生数が伸びそうなムーブでお願いしますねっ！」

「ＧＧＧ戦のお前のムーブですでに五百万再生はかたいだろ……」

変態すぎるガチホモイケメンの父親に就職を懸けて資金提供してもらったり。

「クイーン……お前がいれば、俺は誰にも撃ち負けない」

「……頼りにしてるぜ。親友」

仲が悪すぎる幼馴染が、俺が五年以上ハマっているＦＰＳゲームのフレンドだったり。

「シンタロー、私以外に殺されたらぶっ殺すからね」

「いやお前だけベジータすぎん？」

相も変わらずジャックナイフウーマンである奈月にツッコミを入れつつ、オーダーを飛ばす。

奈月に伝えたいこと、俺が２Ｎさんに教えてもらったこと。

このラウンドで伝える。

「さぁ、しまっていこう」

ラウンド８　皇帝対王様

「来る」

　そういう匂いがした。最終安地である中央市街地。

　しんたろ率いる『UnbreakaBull（アンブレイカブル）』はおそらく東区域に潜んでいる。

　極東の島国にいた怪物。ようやく真っ向から撃ち合える。自然と上がる口角を抑えて、マウスを握りなおす。

「アタッカーは俺が務める。ルーラーは２Nを抑えてくれ」

　私のやる気を削ぐオーダーを飛ばすグライム。

「私がしんたろを抑えなきゃ、負ける」

　真っ先に殺すべきはしんたろかベル子。オーダーじゃない私でもわかる簡単なこと。

　しんたろは言わずもがな、あの凸凹（でこぼこ）チームをまとめている要石で、ベル子はチーム全体の火力を上げるアタッチメント。

　これまでの『UnbreakaBull（アンブレイカブル）』の立ち回りを見てもわかる通り、しんたろとベル子は常に行動を共にしている。

　ベル子はしんたろの屋内戦での火力を高めると同時に、正確なオーダーを出すための情報を安全なポジションの後方で得ている。

一番弱いけど、いるだけでかなり面倒な相手。

だからしんたろが常についているのだ。うらやましい。

……ので、索敵チートである彼女を装備したしんたろと真っ向から撃ち合えるのは私しかいない。

私ならいくら裏を取られようと、得意のQS（クイックショット）で無かったことにできる。……かもしれない。

とにかく、一番しんたろの得意を押し付けられない相手が私なのだ。

「……少しはリーダーを信用しろ。それに、シンタローが前に来ることはたぶんない。来るとしたら十中八九、ジルクニフだ。あの程度のアタッカーなら外からの狙撃さえなければどうとでもなる。まずは壁を壊す、怪物退治はそれからだ」

尊大に応える鮮血の皇帝。プライドの高い彼のことだ、観衆の前でジルクニフに啖呵を切られたのがよほど癇に障ったのだろう。自分より強い者は腹の中に取り込もうとし、弱いものは徹底的に排除する。

彼のファンには見せない、独裁的でずる賢い思考。その残忍なまでの思想が彼のオーダーの切れ味を高めているのだろう。従っておけば間違いはない。……はずだ。

「まぁいい。戦線に穴だけはあけないで」

「了解……。さぁ、行こう」

バックアップ二人はグライムについていく。

「高いところに行く。２Ｎがいそうなところは警戒しておくから、しんたろをこっちに寄せないで」

「了解」

ムーブが決まれば、すぐさま三階建ての建物の屋上に駆け上る。

私が２Nなら、東区域にある中央市街地全体が見渡せるマンションの屋上に陣取る。

そこはスナイパーにとって極上のポジション。東区域にいるのであればまず逃さないだろう。

２Nを見つけさえすればあとは簡単、スコープの覗きあいをすればいいだけ。

リーンもエイムも、すべてにおいて２Nより私の方が速い。

単純な力比べなら絶対に負けない。私は雑魚を処理した後のご褒美に胸を躍らせながら、スコープを覗いた。

＊＊＊

「いいか、君たちはＳＭＧ　Ｖｅｃｔｏｒ（ベクター）を装備している奴を狙え。ＨＰを半分も削れば上出来、もし仮に逃しても俺が確実に仕留める」

後衛二人を前に出してそう指示する。

おそらく、敵陣はいつも通り２Nを高台に待機させ、ジルクニフをアタッカーに、その後ろをシンタローとベル子でカバーするいつものスタイルだろう。

毎度奇策を練るシンタローだが、今回ばかりは正攻法で真正面から来るはずだ。

そもそもこの安地の形じゃ、そうせざるを得ない。

中央市街地最西端から細心の注意を払いながら徐々に詰めてきた俺たちの裏を取ろうとすれば、彼らは嫌でも仲間同士五百メートル離れることになる。

五百メートル離れるということは、このＲＬＲ（ゲーム）において、連携不可を意味する。

ＲＬＲの、他のゲームにはない稀有な特性。無線が繋がるのは半径五百メートルまでというシステムのせいだ。

密林マップなら三百メートル、砂漠マップなら一キロ。雪原、通常マップであれば五百メートル。

チーム内で無線が繋がる範囲は決まっており、味方との無線の範囲外にでれば連絡は取れないし、居場所示すピンも無線が繋がっていた最後の場所で動かなくなる。

連携や協調性を重んじる日本人であれば必ず避けるムーブ。決勝で彼ら最大の強みである連携を捨てるはずが無い。

「そろそろ接敵するはずだ、警戒を怠るな」

オーダーを出しつつ、建物の間を縫って、中央市街地中腹まできた。接敵するなら市街地を二分するように空いたわずかな空き地。その向こうがわに『UnbreakaBull（アンブレイカブル）』はいる。

「敵見えました！」

案の定、前衛の片割れが声を上げる。

「人数は？」

「二人です！　建物の奥からこちらに徐々につめてきています！」

「二人……？」

……おかしい。

２Ｎは後ろのマンションにおいておくとして、残りは射線の合う前衛に置くはずだ。

三人でなければ数的有利を俺たちにとられることくらいシンタローなら理解しているはずだろう。

一番可能性が高いのは、単なる見落とし、索敵不足。

あのシンタローが数的不利を崩すようなヌーブをするはずが無い。必ず三人いるはずなのだ。

「…………まぁいい。とにかく二人はＳＭＧを待っている奴だけを警戒してくれ。残りは俺が見る」

泥沼の撃ち合いになれば生き残るのは最も反動制御、撃ち合いが強いこの俺。中距離を保ちつつ、前方の敵を警戒する。

「敵ッ！　スモークを焚いてつめてきます！」

「撃ち殺せ」

その情報が鼓膜に届いた瞬間、速攻でオーダーを飛ばし、自身も白煙を見つけて照準を合わせる。

「血迷ったか？　シンタロー」

投げ物で距離を詰めて屋内戦を押し付ける。世界最強の常套手段。けれど、三人が空き地を見ている状況でそれは悪手。

　今の前衛二人は腐ってもVoV、スモークからスモークへの移動の隙を見逃すはずが無いのだ。

　息を止めてスモーク内に照準(エイム)を合わせる。煙から出た瞬間に、AKMのフルオートを叩き込む。簡単なミッションだ。

「見えた」

　シンタローであろうSMG使いが煙から顔を覗かせた瞬間、引き金に指をかける。

「は？」

　けれど、俺は引き金を引けなかった。正確には、視界を赤い何かで遮られたのだ。

「これは……血ッ!?」

　かん高い銃撃音が中央市街地に轟く。すぐさま頭を隠した。シンタローを撃ち殺そうとしたその瞬間を狙われたのだ。

「つくそ……！　なんてダメージだ！」

　レベル2ヘルメットが吹き飛んだ。

　この特徴的な銃撃音は、SMG(サブマシンガン)でもAR(アサルトライフル)でもSR(スナイパーライフル)でもない。

　SRとARの中間に位置する連射型狙撃銃。

「DMR(マークスマンライフル)……SLR……!!」

　威力を得た代わりに反動が強すぎるDMRを、フルオートばりのタップ撃ちで、しかも的確に頭に当ててくるプレイヤー。

　そんな変態的な反動制御を行使できるプレイヤーなんて一人しか知らない。

「……ジルクニフッ！」

　変態反動制御（リコイルコントロール）、その神髄を見せつけて、彼は俺の等倍スコープ越しに不敵に笑う。

『退け。そこは王様（キング）の通る道だ』

「ッ！」

　息ができない。正面、小さな塀の裏にはジルクニフ。右方向、遮蔽物の無い空き地にスモークを焚いて、詰めてきているのはシンタロー。そしておそらく彼らの後方、建物のどこかでベル子が音を聞いている。俺のヘルメットはジルクニフの奇襲によって削られ、ＨＰバーは短く真っ赤になっていた。

「クソ！」

　吐きづらい息を、怒号とともに体外へ押し出す。

　秒針が進むごとに脳内をどす黒い感情が支配していく。

　……ＶｏＶエース候補のこのグライム（俺）が……！　極東のｅスポーツ後進国、それもプロですらないプレイヤーに撃ち負ける……!?

　……そんなこと、あってはならない！

「シンタローを抑えておいてくれ！　ジルクニフは俺が倒す！」

　医療用キットを使用しながら味方二人にオーダーを飛ばす。相手がシンタローとはいえ足止めくらいできるはずだ。

戦況は芳しくない。けれど、そんなの問題にならないくらい俺とジルクニフには実力差がある。

ジルクニフの反動制御(リコイルコントロール)のレベルは確かに高い。けれど奴にはそれを活かす脳みそが無い。オーダー兼アタッカーである俺が、あんな射線を交えるしか能の無い奴に、立ち回りを含めた撃ち合いで負けるわけがないのだ。

正面、十五メートルほど離れた塀の裏。そこにいるジルクニフと射線を交えようと、建物二階から顔を覗かせようとしたその瞬間。味方の困惑した声が聞こえた。

「グライムッ！　敵！　大量にスモークを焚いています！」

「スモーク……？」

シンタローがいるであろう屋外、空き地に視線を向けると、彼自身と味方二人を包み込むように白煙が立ち込めていた。

あれだけスモークを焚けば、撃ち合いなんて成立しない。敵も自分も、視界すべてを白煙に覆われるだろう。

一見意味不明な行動に見えるが、あの抜け目ない世界最強がそんなヌーブをするはずが無い。

……目的は、おそらく時間稼ぎ。

シンタローがスモークで敵の注意を引いている隙に、後ろに控えていたベル子がジルクニフに合流。というのが彼の狙いだろう。

さすがの俺でも、あの索敵チートが相手にいるとなれば立ち回りで勝ち切れるとは断言できない。そもそも数的不利になってしまう時点でかなり痛い。

シンタローの周りにいる味方二人に、逃げの一手を選択させるような巧妙なオーダー。

『ウチのアタッカーに最強のスカウトつけちゃうけどいいの？』

そう耳元でささやかれているようだった。

……ここで熱くなって、単独でジルクニフとベル子を相手にするのは愚策中の愚策。

いったん冷静になって、数的有利を作り出すのが最良。

「慎重に煙に隠れながら距離をとってこっちによって来るんだ。時間稼ぎに付き合っている暇はない、もう一人が合流する前にジルクニフの方を落とす」

ジルクニフを落とし、ベル子を三人で囲んで殺す。

シンタローは自身のスモークによって、味方二人のこちらに寄ってくる動きをとらえられないはずだ。

並みのオーダーなら、彼の時間稼ぎに付き合ってしまい、形勢を不利にしてしまうところだが、皇帝にそんな小細工は通用しない。

自分が出したスモークが、結果、彼を苦しめることになる。

自分の出したオーダーは最善。そう確信した。

けれど、意識外の攻撃が、鈍い銃声が、白煙の中から聞こえてきた。

「SG（ショットガン）……ッ!?」

銃声と同時に、味方一人が気絶する。

「不用意に煙から出るな！」

味方が煙からはみ出したところをシンタローに狩られたのだろう。そう予想したけれど、気絶した味方がそれを否定する。

「いいえ……出てません……！　煙の中で仕留められました……!?」

「は……？」

適当に撃ったのがたまたま当たったのか……？　そんな運任せのムーブ彼がするはずが……。

困惑。それを解消するため、すぐさまキルログを見る。

「そんな……馬鹿な……！」

キルログに表示されていたのは、ＳＭＧを構えながらスモークを焚いてこちらに接近し、白煙の中で味方一人を殺した相手。

UnbreakaBull（アンブレイカブル）最大の脅威、シンタロー。

ではなく。

そもそも前線にいるとさえ想定していなかった斥候（スカウト）。

『ベル子』だった。

「はめられたッ!!」

一瞬で理解する。ＳＭＧを持っている。たったそれだけの理由でベル子をシンタローだと錯覚させられていたのだ。ゲーム開始直後の衝撃的なキルログを思い出す。

ヨーロッパ最強のプロゲーミングチーム『ＧＧＧ』を壊滅させた『ベル子』。

撃ち合いが強くない彼女がどうやってエイム特化のあのチームに勝ったのか？

まき散らされた煙がヒントとなり、その謎がようやく解ける。

スモークの中、ＳＧを命中させたのは決して偶然じゃなかった。当たるべくして当たったのだ。彼女の人外級の索敵によって。

「煙から出て撃ち合え！　殺されるぞッ！」

そうオーダーを飛ばすけれど、もう遅い。

生き残ってジルクニフと戦う予定だった仲間が、ベル子のＳＧ（ショットガン）によって殺される。

「クソ……！　クソ……ッ!!」

最初からベル子が詰めてきていると気付ければ、二人ではなく一人で対応できた。煙の意図に気付くことができた。二人一気に削られるようなことにはならなかった。

たった一丁のサブマシンガンによって、偽装装備（ブラフ）によって、すべてが狂わされたのだ。

最小のリスクで最大のリターンを得る。細い勝ち筋を確定的なものに変える、小さな針に糸を通すような正確無比の一手。まさにオーダーの理想形。

「……けれど、まだ負けてない……」

萎えかけた戦意を奮い立たせる。

ベル子が空き地の煙の中にいるのならば、ジルクニフのカバーに入るのはシンタロー。

速攻で距離を詰めてエイムの暴力で形勢を逆転させればいい。美しいムーブとは言えないけれど、もうそれしかない。ジルクニフと俺には、それを可能にできるほどの実力差がある。

二対一という数的不利はあるけれど、ここを乗り切れないようじゃ、韓国を下し、世界の頂に立つなんて夢のまた夢。

「行くぞ」

ＨＰは全快。距離を詰めるべく、ジルクニフが隠れている塀裏からの射線を切りながら、建物内を通って左に迂回する。

塀と塀が対面で位置するようなポジションをとれば、手榴弾の軌道も見えるし、何より裏を取られづらくなる。

ある程度近づくと、慌ただしくこちらの様子をうかがっているようなそんな足音がきこえた。

俺の接近に気付いたということは、奴が次に打つ一手は、おそらく後退。シンタローがカバーに入るまで、撃ち合いは避けるはずだ。

「させるか」

望んでいたポジションを確保。そしてジルクニフが後退すると踏んで、隠れていた塀から頭を出して撃ち合いに行く。

けれどそこには、待ってましたと言わんばかりに、俺と同じく頭を出したジルクニフがいた。

「ッ!!」

面食らってすぐさま射線を切る。ＡＫＭのフルオートが肩を掠めた。数的有利を確保しないまま撃ち合う強気のムーブ。相手のムーブのことごとくが予想外。本当に嫌になる。

「ちょっとグライム」

チームの半分が落ちても全く声を上げなかった彼女、ルーラーが声を上げる。

「どうした、２Ｎか？　悪いけどそっちは一人で乗り切ってくれ」

絶体絶命の状況。余裕がない俺は早口でそう告げる。対してルーラーは、ひどく落ち着いた様子で返答する。

「足音が聞こえる」

「は？」

あり得ない情報に、思わず食い気味に、間抜けな声を出した。

「あり得ない、こっちにはシンタローとジルクニフがいる！　ベル子も２Ｎもこの短時間で接近できる距離にいないはずだ！」

味方二人がやられてからまだ三十秒もたってない。

俺のかなり後方にいるルーラーの位置まで味方二人を殺したベル子が詰めるのは距離的に不可能。

ベル子に味方二人を削られる前、俺たちは裏を取られないよう三人で中央市街地の両端をしっかりケアしていた。

長距離専門の２Ｎが、戦線に穴が開いた三十秒の間にそこを掻い潜って、わざわざルーラーに近距離戦を挑んだ？　……現実的じゃない。時間的にも厳しいし、そもそもそんなスキル彼女にはない。

「この足音は……2Nでも、ベル子でもない……」

「じゃあ……一体……？」

「……まだわからないの？」

呆れたような声を上げるルーラー。

「戦線が崩れた瞬間からわずか二十四秒の間、グライムの索敵を掻い潜って私に接近できるプレイヤーなんて、初めから一人しかいない」

「まさか……」

なぜか自慢げに、彼女は答える。

「そう、シンタロー」

「……」

シンタローは俺を二人がかりで落そうとしなかった。一瞬たりとも迷わず、自分と相性の悪いルーラーの方へ寄ったのだ。ジルクニフを俺の目の前に、たった一人でおいて。

そのムーブの意味は、言われなくとも簡単に理解できる。はらわたが茹だち、煮えくり返るほどの怒りを覚えた。

「この俺を、あのジルクニフが、一対一で殺せると……そう言いたいのか……？」

怒りのあまり声が震える。

「さっさとそこにいるやつ殺して。シンタロー相手じゃ、勝てるかどうかわからない」

「……あぁ、すぐに血祭りにあげてやる」

珍しくカバーを求めるルーラーに対して短く返事をする。

その場にあったヘルメットをかぶって、目の前の敵と射線を交えた。

＊　＊　＊

「はぁ……はぁ……」

喉が渇く。

ユニフォームが汗で張り付く。

本当にギリギリのオーダー。一歩間違えればチームが全滅していたとしてもおかしくないほどのリスクの高いムーブ。

「大丈夫か……？　ジル、ベル子？」

「問題ないです！　すぐにタロイモ君の方へつめますね！」

「予定通り、グライムとの一騎打ちに持ち込んだ。こいつを倒してすぐにカバーに入る」

ジルをグライムに、奈月をダイアモンドルーラーにぶつける。

文字にすれば簡単な作戦だけれど、ジルや奈月が撃ち負ければ俺たちの連携は一気に瓦解し、数的有利が崩れる。

北米最強アタッカーと、北米最強のスナイパーに撃ち勝てなんて、無謀もいいとこだ。そんなオーダーしか出せない自分に嫌気がさす。

「すまんジル。頼んだぞ」

奈月の接敵はもう少し先。人数的にはこちらが二人分有利なのに、ジルとグライムを一騎打ちにさせているのには理由がある。

グライムは追い込まれれば追い込まれるほど、その真価を発揮する。

脳死アタッカーであるジルが窮地に立たされた時、真の力を発揮するように。

グライムにもジルと同じような恐ろしさがある。それこそ撃ち合い雑魚である俺が不用意に近づけば、一瞬で溶かされてしまうくらいの勢いがあるのだ。

オーダーである俺が死ねば、連携は壊滅し、勝利の可能性は限りなく低くなる。

強者には強者を。撃ち合い最強には、撃ち合い最強をぶつけるしかない。

手負いの皇帝を仕留めることができるのは、中距離火力撃ち合い特化の王様(キング)にしかできない。

「クイーン。心配するな」

俺の無茶なオーダーに対して、ジルは優し気な声を上げる。

「俺(キング)は負けない。民達(なかま)のために」

頼もしすぎるその一言に、震える。

アタッカーというポジションにはチームをほったらかしにして独断専行してしまうような我の強いプレイヤーも多い。そんな中、ジルは自分を殺してチームに尽くしてくれている。俺みたいな陰キャオーダー、肌に合わないはずなのに、嫌な顔一つせずついてきてくれる。

本当に俺なんかにはもったいないくらいのアタッカーだ。

「ベル子、ジルと奈月が来るまで粘るぞ」

「了解です！」

ジルの頑張りに報いるためにも、俺はあのダイアモンドルーラーを、抑え込まなければいけない。

三か月前、チームを半壊させた怪物を。足音を聞きながら慎重に距離を詰めた。

＊　＊　＊

対峙するだけでわかる。鮮血の皇帝の強さが。

小さな塀にお互い身を隠して、ブラフの射線を飛ばしてけん制しあう。

頭をのぞかせるタイミング。少しでも操作ミスをすれば、ヘッドに一発入れられるような恐ろしさが奴にはあった。けれど、負けるわけにはいかない。

奴は、グライムは、王様（キング）の一番大事なものを馬鹿にした。

『そんなお遊びチームに、未来はない』

はらわたが煮えくり返るほどの怒りを覚える。

『UnbreakaBull（アンブレイカブル）』はようやく見つけた俺の居場所。

「四人で行くんだ。世界に……」

のどから漏れる。過去の記憶が、じわりと滲む。

＊　＊　＊

同性を好きになってしまう。

はじめは誰にも打ち明けられなかった。

自分は異常者なのだと、ずっと一人で生きてきた。

見てくれだけはいいので女性に言い寄られることもあった。けれどその純然たる好意は、自分は男性が好きなのだと、異性を好きにはなれない欠陥人間なのだと、ナイフを突きつけられているように感じた。

自分の異常性から目を背けたくて、人との接触を避けて、孤高を演じていた弱虫な俺。

そんな俺を、救ってくれたのが、シンタローだった。

『お前強いな！　またやろうぜ！』

もともと好きだったＦＰＳ。

非公式だけれど開かれたＲＬＲの大会で、俺とシンタローは出会った。

直接顔を合わせたわけではないけれど、シンタローのシンプルなメッセージはとても心地よくて、当時荒み切っていた俺の心にゆっくりしみ込んだ。

その後も俺とシンタローは、イベントや非公式大会のオフ会などで顔を合わせるようになり、友達と呼べるような関係にまで発展した。

その時にはもう、彼のことを好きだったと思う。目に見えるようなキッカケは無かったけれど、シンタローと出会う度に、彼の人を慮る優しさに徐々に惹かれていったのだ。

しかし、この想いをシンタローに伝えることはできない。

怖かったのだ。

男が好きなんて、気持ち悪い。そうシンタローに言われたらと思うと、怖くて怖くてたまらなかったのだ。

ＦＰＳのことを無邪気に語るシンタロー。その笑顔に胸を締め付けられる。どうしようもなく胸が高鳴る。でも、この気持ちに嘘をつき続けて、彼の親友を演じれば、ずっとそばにいられる。

友達として彼に近づけば近づくほどに、好きという気持ちは大きくなり、嘘をつきつづける俺の心をこれでもかと痛めつける。

そんな苦しみ続けている俺に彼は言った。オフ会終わりの、喫茶店で。

『ジル、俺チーム作りたいんだよ』

『チーム……？』

『あぁ、公式大会とか出たりしてさ、ゆくゆくは世界大会狙えるようなそんなチーム。面白そうだろ？』

可愛らしい笑みを浮かべて、夢を語るシンタロー。

『……シンタローならできる。頑張れよ』

親友として百点の解答。近づきすぎれば感づかれる。俺みたいな異常者に、自身を性的な目で見られていると感じた彼はどうする？

距離を置くに決まっている。俺のことを気持ち悪いと罵るに決まってる。

そばにいるのはつらい。けれど離れるのもつらい。

どっちつかずで道化を演じる哀れでひとりぼっちな王様。偽物の笑顔を作っていたけれど、心はぐちゃぐちゃにつぶれそうなほど、痛かった。

そんな俺をシンタローはジトリとにらんで、口を開く。

『何言ってんだよジル。お前も入るんだよ、俺のチームに』

『へ……？』

『中距離最強アタッカーのお前に、遠距離最強の２Ｎさん！　まだ声はかけてないんだけど、すっげー素敵できる配信者（ストリーマー）いんだよ！　そいつにも声かけてみるつもり！』

夢を語るシンタロー。率直な疑問を、彼にぶつける。

『……な、なんで俺なんかを……』

そんな俺の言葉に対して、またもや彼は心底呆れたような表情を作る。

『お前じゃなきゃダメなんだよ、ジル。敵の射線を一身に集めても、撃ち負けないお前がアタッカーじゃなきゃ、俺も２Ｎさんも、これから誘うベル子って子も、力を発揮できない』

息が止まる。シンタローは続けた。

『みんなのために一番危険な場所で歯を食いしばって戦う。誰よりも優しくて、誰よりも強いお前にぴったりのポジションだろ？』

アタッカー。どっちつかずで道化を演じる哀れでひとりぼっちな王様なんかじゃない。お姫様を守るために、危険な場所で撃ち合う最高にかっこいい王様。

『俺は……俺は……！』

自然と涙がこぼれる。

急に泣き出した俺を見て、シンタローはどう思うだろう。

理解していても、止められない。

『おいおい！　なんで泣いてんだよ！　俺なんか変なこと言ったか!?』

『いや……ごめん……なんでも……ないっ』

袖で涙を拭う。この恋心を悟られてはいけない。悟られれば、嫌われてしまう。

『なんでもないとか言うなよ、仲間（チーム）だろ？』

涙を拭っていた右腕を、シンタローはそっと掴んで、心配そうにこちらをうかがう。

暗い瞳。彼の黒髪からは、嗅いだことのないコンディショナーの香りがした。

その無防備な優しさが、俺を奈落の底に突き落とす。

これ以上好きになりたくない。報われない恋ほど残酷なモノはないのだ。

『俺、シンタローのことが好きなんだ』

だから告げる。自分の想いを。彼が俺を、嫌いになるように。

『えっ……』

『だから、好きなんだよっ！　お前のことがっ！　ライクじゃなくて、ラブな意味でっ！』

彼は口をパクパクさせて、こちらを見つめている。状況が呑み込めないと言った具合だ。

そりゃそうだろう。友達だと思っていた同性に、告白されたのだから。

心臓の鼓動が聞こえる。……早く俺を嫌いになってくれ……。

『……ありがとう、ジル』

『へ……？』

予想外の返答に、間抜けな声を上げる。

『俺、FPSしかやってこなかったからさ、その……告白されたの初めてで、どう答えたらいいのかわかんないけど……とにかく、嬉しいよ。ありがとう』

信じられない。醜い猜疑心が、嫌われなかったという歓喜の気持ちを押しつぶして、口から溢れ出る。

『嬉しい……なんで、俺は男を好きなんだぞ……？　異常なんだぞ……そんなの、おかしい……！』

熱くなった俺を、今日幾度となく見せたあきれ顔で、シンタローは答える。

『……あのなぁジル。今の世の中次元を超えて恋してるやつだっているんだぜ？　同性を好きになることくらいあって当然だろ。二次元嫁最高っ！　とかのたうちまわる俺に比べたらお前はだいぶ普通だよ』

『……っ』

今まで悩んでいたことがバカバカしくなるくらい、シンタローは簡単にそう言った。

『…………お前の気持ちに、応えてやることはできないけど……絶対に笑ったり、馬鹿にしたりしない』

そのたった一言で、溢れる涙と一緒に憑き物が落ちたように、心が軽くなる。

涙で視界が滲む。シンタローの前でなら、ありのままで居てもいいんだ。

『ありがとう……シンタロー(クイーン)』

『く、くぃーん？』

『俺はなる……！　シンタロー(クイーン)を守る、いや……民達(みんな)を守る、王様(キング)になる……ッ！』

『……何言ってんだお前』

＊　＊　＊

負けられない。

シンタローと約束した。

みんなを守る。アタッカーになるって。

不器用だけどなんだかんだで仲間思いな奈月、誰よりも責任感が強いベル子、そして、チームを導いてくれるシンタロー。みんな、こんな俺を受け入れてくれたかけがえのない大切な仲間だ。

「俺(キング)は負けない」

仲間を馬鹿にしたツケを。シンタローを奪おうとしたツケを。鮮血の皇帝に払わせる。

「ッ！」

身を隠していた小さな石壁から飛び出して、グライムの方へと駆け寄る。遮蔽物のない場所を走れば、無数の銃弾に晒される。けれど、それは奴も同じ。

撃たれるということは、撃てる位置に敵がいるということ。

無様で愚直な俺は、これしかできない。

シンタローのように投げ物を扱えないし。奈月のように一撃必殺で敵を沈めることもできないし。ベル子のように足音を聞いて裏を掻くこともできない。

敵に頭を晒して、撃ち合う。それしかできない。

「こいッ！　グライムッ!!」

石壁から頭をのぞかせるグライム。射線が重なった。

スコープを覗いて、レティクルを皇帝の頭に合わせて、引き金を引く。

「ッ……！」

鮮血の皇帝が放つ無数の銃弾が、体のいたるところに食い込んだ。

どんどん削れるＨＰバー。

だがこれは、必要な時間。

敵は早く覗ける等倍スコープ。

対してこちらは、三倍スコープ。

敵の頭に、ありったけの鉛玉をぶち込む。

スコープの倍率が大きくなるほどに、反動制御は難しくなる。

しかし、タップでは撃たない。

一切妥協のない、ＡＫＭフルオート。

「守る！　絶対にッ!!」

正直に言えば、実力はグライムの方が上。

このまま撃ち合えば、俺は間違いなく死ぬだろう。

だけどそれでいい。

大切な仲間に向けられる銃口が、少しでも減るのなら、俺はいくらだって撃たれていい。

極限にまで研ぎ澄まされた集中力は、時間さえも圧縮する。

グライムの放った７．６２ｍｍ弾が、ゆっくりと俺の頭の方へ飛んでくるのが見えた。

これが当たれば、死ぬ。そんなことどうだっていい。

俺には、敵の頭に鉛玉を叩き込むことしかできない。

引き金を引いた。引き続けた。

「あとは頼んだぞ、みんな」

鮮血の皇帝と、自動小銃の王様が放った銃弾が、交錯し、そして。

お互いの頭に吸い込まれた。

ラウンド9　2N対ダイアモンドルーラー

「……ジル。すまない……」

キルログに、ジルの名前が表示された。

北米最強のアタッカー、鮮血の皇帝の名前とともに。

「タロイモくん、勝ちますよ」

「あぁ、わかってる」

いつもは自信なさげなベル子がきっぱりと言い切る。無線はつながらないけれど、奈月も同じ気持ちだろう。

……俺はいつもあいつに助けられっぱなしな、情けないオーダーだ。だからこそジルが作り出したこの状況を無駄にすることはできない。絶対に勝つ。勝って。

「俺がお前を、日本……いや、世界最強のアタッカーにしてみせる」

中央市街地、北西部、二階建ての大きな建物の中。俺は階段付近で息を殺し、二階の様子をうかがう。

ベル子が合流するまでの間、ルーラーにプレッシャーをかけるため、建物一つ挟んで俺は彼女と撃ち合った。もちろん生粋の芋プレイヤーである俺が北米最強のスナイパーに撃ち合いで勝てるはずもないので、少し弾をばらまいて逃げ回り、時間を稼ぐ。

そういう作戦だったんだけれど……。

「くそ……。強すぎだろあいつ」

医療器キットでＨＰを回復する。ほんの一瞬射線を交えただけで、肩を貫かれた。

超高速エイム。人外すぎる反応速度と、高すぎるエイム能力が可能にした神業とも呼べるスキル。いくら俺がサブマシンガンでダメージを与えたとしても、たった一発頭に入れられればすべてなかったことにされるのだ。

三か月前、俺たちは彼女一人にチームを半壊させられている。しかもあの時より数段レベルが上がっている。油断はできない。できるはずもない。隙を見せれば一瞬で終わる。

「ふぅ……」

大きく息を吐いた。安地収縮は残り人数が四人という少人数にもかかわらず、未だフェーズ５を終えた段階。半径三百メートルほどの戦場。まだまだ行動範囲に余力を残している。

まだ焦る段階じゃない。残る敵はたった一人。対して、こちらは三人。

相手が通常のプレイヤーであれば、数的有利にものを言わせて三人で撃ち合いに行けば簡単に勝てる。それほどまでのアドバンテージがこちらにはある。けれど、残念ながら相手はあのダイアモンドルーラー……。普通じゃない。

「お待たせしました」

ベル子が時間をかけてようやく合流する。ルーラーの射線に入れば気絶なしのワンパンで終わる可能性だってある。文字通り、慎重に慎重を重ねて寄ってきたのだ。

「ベル子、ＳＧモク作戦やるぞ」

「……わかりました！　ここで決めてみせます！」

今回のＶｏＶ戦で立てた作戦のうち、二つ目を実行に移す。

一つ目は『ジルとグライムをぶつけて、ルーラーを孤立させる』。

作戦と呼べるにはかなりお粗末なものだけれど、ジルはその身を犠牲にしてまで完遂してくれた。

数的有利を手に入れればあとはこっちのものだ。

初見じゃ絶対に防ぎようのない、不可避の超近距離戦術『ベル子のＳＧモク作戦』でかたをつける。

「同情するぜ、ルーラー」

二階にいるであろうルーラーに向けてスモークを投げ入れる。

白煙をまき散らして視界を奪い、並外れた索敵能力で敵を感知、そのままＳＧを叩き込む。

ベル子にだけ許された特殊すぎる戦術。今日初お披露目で、ＧＧＧを壊滅させ、ＶｏＶを半壊させている。

初見じゃどうあがいても防げない。仮にルーラーがスモークから逃げて外に逃げようものなら、用意されている三つ目の作戦が発動する。

ベル子がやられなければ、かならずルーラーを倒せる。石橋を叩きに叩いて渡るようなオーダー。これで勝てなきゃもうどうしようもない。

「それじゃ行ってきます」

「頼んだぞ」

白煙が満たされたことを確認して、オーダーを飛ばす。

トップチームにも通用すると確信を得ているのか、ベル子は勢いよく屋内に飛び込んだ。それと同時に、俺も駆けだす。スモークから逃げるなら、十中八九窓から飛び降りるはずだ。空中であれば、あのルーラーといえども必ず隙ができる。

「階段突破しました！」

唯一の懸念事項であった階段を突破したベル子。

いくら白煙に視界を遮られているといっても、階段で待っていれば進行方向は限定され、やみくもに撃った弾でも当たってしまう可能性があった。今大会以降ではそういった対ベル子用の戦術も出てくるだろう。

「了解、足音は？」

「聞こえます。予定通り撃ち合いに行きます！」

「……油断しないようにな」

「ルーラーを倒せば再生数もうなぎのぼりです……このチャンス、絶対に逃しません」

白煙の中、逃げずに撃ち合う選択をしたルーラーに若干の違和感を覚える。

初見とはいえ、味方二人がベル子にやられているのだ。ルーラーであればその少ない情報でも、ベル子のＳＧモク作戦の全容を看破できたはずだ。

視界を遮られる白煙の中、自由に動けるベル子に対して、それでも引かずに撃ち合う意味。いくら考えても、イモインキャである俺には理解できなかった。

「……近いです……けど……！　嫌な動き方…」

二階から慌ただしく駆け回る足音が聞こえる。

視界を遮られているはずなのに、足音を聞きながらベル子にやられないように立ち回る北米最強のスナイパー。

攻めあぐねるベル子を無言で見守る。下手な助言は、ベル子の索敵を邪魔してしまう恐れがあるからだ。白煙がなくなればベル子に勝ち目はない。

頼む……これで決めてくれ……！

そう願った瞬間。カチンと、かすかに音がした。

「手榴弾ッ!?」

ベル子の悲痛な叫び声により、音の正体を理解する。

ルーラーが手榴弾のピンを抜いたのだ。狭い屋内で手榴弾。その爆発はベル子だけじゃなく、自身の身にも降りかかる。まさか自殺特攻……？　いや、あり得ない。ルーラーはそういうムーブはしない。

HPバーが全損しない限り、敵を殺しつくそうとするはずだ。

なら……なぜ……？　白煙の中、引かずに撃ち合うその意味。狭い屋内での手榴弾。

「ッ!?」

すべてがつながる。

「まずいベル子！　いますぐ引くんだ！」

そうオーダーを飛ばした時にはもう遅い。狭い屋内で手榴弾が爆ぜた。ルーラーは初めからすべて見抜いていたのだ。ベル子が苦しみに苦しみぬいた末に編み出した戦術、ＳＧモク作戦の致命的な弱点を。

「音が……聞こえない……!?」

やみくもに放られた手榴弾はベル子のＨＰバーをわずかに削るだけに終わったが、爆音により、ベル子の生命線である聴覚を奪ったのだ。白煙の中、聴覚を奪われれば、お互いに条件は同じ。ルーラーが時間をかけて逃げ回っていたせいで、白煙の効果はもうすぐ消える。

「今すぐカバーに入る！　できるだけ時間を稼いでくれ！」

「でも見えないし……！　どうすれば……！」

音が聞こえなくなってパニックになるベル子。

完全に俺の過失。少し考えればわかることだった。敵の聴覚を奪い距離を詰めるのは俺の十八番（オハコ）、俺のファンだと公言するルーラーであれば、使いこなせるよう練習していたって不思議じゃない。

過信していたのだ。ＧＧＧを壊滅させたベル子なら、もしかしたらルーラーさえも倒してしまうんじゃないかと思い上がっていたのだ。

「ひっ！」

怯えるような声が聞こえる。頼むッ！　間に合ってくれッ!!

そんな願いもむなしく、M２４の轟音が中央市街地の空に轟く。白煙がなくなれば、ベル子に勝ち目はない。キルログに彼女の名前が表示された。

『あと、ふたり』

耳元で、白い悪魔がそうつぶやいたような気がした。

＊　＊　＊

ベル子を落して、私はすぐさま窓から飛び降りた。

残るは2Nとしんたろ。２Nの居場所はつかめないけれど、しんたろの居場所はもう割れている。足音が聞こえるくらい近くに、彼はいる。

「……」

ベル子をなめていた。もう少し早く彼女を落せると思っていたのに、予想以上に時間がかかってしまった。煙での奇襲戦法にも驚いたけれど、それ以上に屋内戦での立ち回りに驚いた。しんたろの動画で見たときのお粗末な彼女とはまるで別人。ランカーにも引けを取らない、理にかなったムーブだった。

たった三か月の間に、いったいどれだけの練習試合をこなしてきたのか見当もつかない。この様子じゃグライムを落したジルクニフも……２Nも……おそらく成長しているだろう。このチームには、世界大会に出場していてもおかしくないほどの実力がある。

「……だけど、優勝はできない」

私がいるから。

手榴弾を撒きつつ、西区域から屋内を経由して東区域のほうへ逃げる。足音を隠す、最近流行りのタロイモムーブというやつだ。

距離を取りつつ、Ｍ２４をリロード。しんたろに対して屋内戦を挑むなんて愚の骨頂。ＳＭＧの射程より遠くで撃ち合うしか、私には勝ち目がない。

「ほんと最悪……」

思わず愚痴がこぼれる。せめてもう一人味方がいればどうにかなったのに、グライムが撃ち負けたせいで不利な戦いを強いられている。

「まぁ、勝てるけど」

高感度のマウスを軽く振って、後ろを振り向く。なんの根拠もないけれど、そこにいそうな匂いがしたのだ。

「しんたろは、私のもの」

予想通り、ちょうど建物間の窓を移動しようとしていた彼と目が合う。

今大会が始まる前、私はありとあらゆるしんたろのプレイ動画を見漁った。それこそ有名になる前のものから、しんたろ自身があげた動画じゃないものまで、すべてだ。

その努力の甲斐あって、今ではしんたろのムーブはほとんど雰囲気だけで感知できる。

九十九パーセント、私はしんたろを理解できる。

最速でエイムを合わせて引き金を引く。ガションと、M24特有の銃撃音が轟いた。

彼は振り向いた瞬間にパルクールを中断、進行方向を若干ずらしたのだ。

「……さすが」

動きを読んでからの狙撃は命中、けれどしんたろのふとももをかすめただけに終わった。

しんたろのムーブを一言で表すなら『臆病』。

撃ち合いも立ち回りも強いのに、少しでも負ける可能性があれば勝負をしない。病的なまでのマイナス思考から生まれるムーブは、生き残る能力が最も評価されるこのゲームにおいて、無類の強さを発揮する。

「だからほしい……」

下腹部が熱を帯びる。しんたろのオーダーと私の火力があれば、世界大会優勝だって簡単にできる。2Nなんかよりも、私の方が絶対に、しんたろを満足させてあげられる。もちろん、女としても。

そもそも現時点でしんたろのカバーに入れて無い2Nは論外なのだ。

このラウンドを制して、しんたろを私が養う。それが彼にとっても一番いい。

もうすでにそれ用の地下室は準備してある。毎日片時も離れずFPSをプレイする為の部屋だ。私の特等席は彼の膝の上。シャワールームもトイレも、ずっと一緒。

『RLR』だけじゃない、ほかのゲームも、FPSと名のつくものすべてで、彼と一緒に世界一を獲る。想像するだけで、体のあちこちからよだれが出そうなほどの甘美な世界。

妄想している間に、フェーズ６の安地が決まる。

「さぁ、きて」

神は私の味方をした。安地を確認した後、すぐさま中央市街地、離れにある三階建ての大きな建物に飛び込んだ。フェーズ６、安地の最南端に私はいる。

しんたろが、迫る毒ガスから逃れ地内に入るためには、どうあがいても私の射線が通る平地を通らなければいけないのだ、
スナイパーに対して、遮蔽物もなしに生身で接近するなんて自殺行為。

たとえ相手が世界最強だとしても、これほどのアドバンテージをもらって私が負けるはずない。

おそらく次に彼がとる行動は、スモークを焚きながらの接近。得意の屋内戦で勝負を決めに来るはずだ。ベル子との戦闘で投げ物は使い尽くした、屋内に侵入されれば勝ち目はない。だからここで決める。

スコープを覗いてしんたろの位置を確認しようとした瞬間。力のない銃撃音が聞こえた。

「ＳＭＧ単発撃ち……？　誤射するなんて、しんたろったらよっぽど私に養ってもらいたいのね」

最終局面で、誤射により自身の居場所をばらしてしまう痛恨のミス。

私はすぐさま音のした方向にエイムを合わせた。

「痛くないように、一撃で殺してあげる」

自暴自棄になったのか、スモークも焚かずにまっすぐこちらに向かってくるしんたろ。

この局面であんなミスをすれば、あきらめたくなる気持ちもわかる。

柔らかそうな眉間にレティクルを合わせて、引き金に指をかける。

「また会おうね」

そのまま勝負を終わらせようとした瞬間、遠くの方で何かが弾ける音が聞こえた。

「……は？」

やまなりの黒い光。

視界を、真っ赤な液体が覆う。

……これは、私の……血？

「……ッ！」

狙撃されたと一瞬で理解する。それもかなり遠くから。

すぐさま頭を隠す。

「……」

レベル3ヘルメットじゃなければ死んでいた。その事実が、私の脳内を怒りで埋め尽くす。

ここを狙撃できる場所は、しんたろがいる手前の場所か。五百メートル以上離れている三階建ての廃屋の屋上、もしくはもっと奥にある丘の上しかない。それ以外はひしめき合う建物の角度的に射線は通らないのだ。

つまり、スナイパーは五百メートル以上先にいる。

こんな長距離狙撃を簡単にやってのけるクソ女、私は一人しか知らない。

「２Ｎ……！」

理解はしたけれど、納得がいかない。

五百メートル離れれば、そもそも無線（ボイチャ）が使えない。連携が取れないのだ。

毒ガスはもうすぐ彼女の場所を汚染するだろう。減り続けるＨＰを無視して、そんな敵を狙えるかどうかもわからないポイントでスコープを覗いているなんて正気の沙汰じゃない。

それなのに、ありえないはずなのに、連携も取れないはずなのに、示し合わせたかのように狙撃のタイミングと突貫のタイミングを合わせてきた。考える間にも、しんたろは建物に詰めてくる。

『私の幼馴染（シンタロー）を、とれるもんならとってみなさいよ』

２Ｎの声が聞こえてくるようだった。

時間が経過すればしんたろが私のいるこの建物まで詰めてくる。

しかし、しんたろを狙えば、２Ｎの狙撃の餌食になる。

何故、無線もないのに連携が取れているのかは全くわからないけれど。勝つ為には、しんたろを手に入れるためには、しんたろが接近してくるまでに２Ｎを撃ち殺すしかない。

ヘルメットの耐久はわずか、回復も間に合わない。けれど２Ｎも毒ガスにＨＰを削られ、ヘッドに当たればたとえレベル３ヘルメットを装備していたとしても、一撃で沈む状態にある。

「今度こそ、立ち直れないくらい綺麗に抜いてあげる」

先ほどのヘッドショットへの怒りを落ち着けて、体勢を立て直す。

しんたろを送り込もうとする２Ｎと、それを阻止する私。奇しくも、アジアサーバーで２Ｎと初めて戦った状況と、現在の状況はほぼ同じ。

前回の戦い、私はまだ納得していない。結果的に勝ったとはいえ、あいつは私の肩に弾を当てた。

さっきのヘッドショットと、前回の戦いで、引き分け(イーブン)。

この一撃で、すべて決める。息を止めて、窓から銃口を覗かせた。

＊　＊　＊

ルーラーへの奇襲狙撃から、四十秒前のこと。

「ふぅ……」

三階建ての廃屋の上で、大きく息を吐く。

背後から毒ガスがどんどん迫ってきているけれど、不思議と焦燥感は無い。

ログにベル子の名前が表示された時点で、ＳＧモク作戦は失敗に終わったことは容易に推測できた。

次は私が仕事をする番。ジルはあの鮮血の皇帝を落とし、ベル子はＧＧＧを壊滅させ、さらにはＶｏＶを半分削ったのだ。

北米最強スナイパーにくらい、撃ち勝たないと割に合わない。

ジルとベル子、そしてシンタローが作り出してくれたこの状況を、無駄にはしない。

「……！」

遠くからガションと、Ｍ２４特有の銃撃音がした。

ルーラーが街中での狙撃。撃つということは当てられる場所にシンタローがいるということ。

……撃ち返す音は聞こえない。反撃はしないという選択。なら……次、シンタローなら。

「私の射線が通る場所まで、ルーラーを誘導する」

確証は無いけれど、漠然と、そうするような気がするのだ。

今まで何万ゲームとシンタローと一緒に戦ってきた。その幾多の経験が、未来予知とも呼べる連携を可能にしているのかもしれない。

フェーズ６の安地が決まった瞬間に、駆けだす。ルーラーを倒す為には、まともに撃ち合うなんて選択肢選べない。化け物級の嗅覚を持つあいつのことだ。ただ強ポジに芋るだけのムーブじゃ、簡単に読まれてしまう。

射線が交われば、勝率は五分五分。勝つ確率が五十パーセント……冗談じゃない。負ければシンタローがＶｏＶに移籍してしまうのだ。勝たなければいけない。絶対に。

必要なのは、真っ向からの撃ち合いじゃない。意識外からの一撃必殺。

七百メートル越えの狙撃を成功させる、エイム力。

「信じてるわよ、シンタロー」

そう呟いて、少し経てば毒ガスに飲まれるであろう廃屋の屋根の上に伏せる。

安地外であればあのダイアモンドルーラーの嗅覚をもってしても、そう簡単に感知されないはずだ。

息を止めて、その時を待つ。次の戦闘で、すべてが決まる。

「あいつは十年以上前から私の幼馴染なのよ。絶対に誰にも渡さない」

スコープで覗いていた大好きな人の背中は。遠かった背中は。もう、手を伸ばせば届く距離にある。

「私は、ルーラーを倒してもっと先に行く」

SMG単発撃ちの銃撃音が聞こえる。シンタローが誤射なんてヌーブをするはずが無い。

これは合図、敵の位置を私に知らせる。メッセージ。

すぐさま音の方向にエイムをあわせる。宿敵、ダイアモンドルーラーが、私の幼馴染を撃ち殺そうとしていた。

「シンタローは絶対に渡さない」

引き金を引いた。Kar98kが、轟音とともに鉛玉を弾き飛ばす。

弾丸は、弧を描いて、ルーラーの頭に吸い込まれた。

「……ッ……レベ3ヘルメットか……」

本当にしぶとい女。すぐさまリロードしてエイムを合わせなおす。

勝つ。絶対に。シンタローの隣にいるのは、幼馴染(わたし)の役目よ。

＊　＊　＊

「さすがは2Nさん……！」

ルーラーの目の前を無防備に走る俺は、息を切らしながらそう呟いた。

五年以上二人で戦ってきた。2Nさんならカバーしてくれると確信していた。SMG単発撃ち、そんなヌーブの意図に気付いてくれてなおかつ一撃のチャンスをモノにした。

初の大舞台で七百メートル越えの狙撃を成功させるなんて、さすがはアジア最強スナイパーといったところだ。

「さぁ、撃ってみろよ」

走っている俺を攻撃すれば、無防備な頭を2Nさんに晒すことになる。

ルーラーに無くて2Nにあるもの。それは、異常なまでに高いヘッドショット率。

キル数やキルレ、ダメージ数だけを見れば、確かにルーラーのほうが優れている。

けれど奈月には、それを補って余りあるほどのエイム力があるのだ。

数字にして、82．6パーセント。引き金を引けば八割はヘッドショットを決める反則級のエイム力。

頭に当たればレベルの高いヘルメットを装備していない限りは気絶なしのワンパン。そんなルールが適用されているこのＲＬＲにおいて、彼女は無類の強さを発揮する。

まさに一撃必殺（ワンショットワンキラー）の悪魔。

この砲台と頭を晒しながら遠距離で撃ち合うことがそもそも無理な話なのだ。

しかし、２Ｎさんと射線を交えなければ、俺の土俵である屋内戦に戦況は移行する。

俺と２Ｎさんは数的不利を覆して幾多の戦いで勝利を納めてきた。その真骨頂が弾丸と共に距離を詰め、得意を押し付けるこの戦術にある。

奈月が外せば俺は死ぬし、俺が屋内戦で決めきれ無ければ奈月が死ぬ。

２Ｎさんのエイム力に全幅の信頼を寄せなければできない芸当だ。

「信じてるぜ、奈月……！」

撤退はない。このまま勝ち切る。あと二十秒で、試合を決める。

＊　＊　＊

毒ガスが全身を包みこむ。ＨＰバーがガンガン削れていく。必ずルーラーは窓を覗く。その瞬間を、逃すわけにはいかない。ルーラーにとっての最善は、最速で私を撃ち殺し、シンタローが屋内に入ってくる前に倒すというムーブ。

ので、いまさら一階に降りてシンタローを迎撃するようなムーブは時間的に厳しい。

もし間に合わなければ、屋内戦が大得意の世界最強と一番ダメなタイミングで出くわすことになる。

「さっさと覗きなさいよ……っ！」

一秒が長く感じる。マウスを握る手が汗で滲む。対してこちらは敵の頭が出てくる位置まで予測できている。

ルーラーに私の居場所は割れていない。

最速でも、私に射線を合わせるのに三秒はかかるはずだ。

三秒もあれば頭を抜くのはたやすい。逆に三秒なければ、私の狙撃の正確性は確実に落ちる。

必要なのは速さじゃない、正確な狙撃。

「ふぅ……」

大きく息を吐く。

あと七秒ほどで、私のＨＰは尽きる。逸る気持ちを押し殺して、その時をじっと待つ。

抑えつけた気持ちと比例して、時間が圧縮されたような気がした。

覗け……っ！　覗け……っ！　覗け……っ！

呪詛のように念じる。この一撃で、すべて決める。

「……ッ！」

かすかに窓枠から覗いた、真っ白な頭。赤い瞳が、八倍スコープの先で怪しく光る。

目が合った……ッ！

スコープ越しに目が合う。それはすなわち、射線がお互いに通ったということの証明。

私にヘッドショットを決められた瞬間から、ダイアモンドルーラーは予測していたのだ。

射線の角度、音と弾が着弾するタイミング。スナイパーとしての嗅覚。

どうやったかはわからないけれど、とにかく私の居場所を、彼女は予測していた。

三秒という私の最速を、いともたやすく縮めてくる。北米最強のスナイパー。

「それでも私の方が速い！」

０．２秒でスコープと着弾地点の偏差を計算。

ルーラーの頭の遥か頭上にレティクルを合わせて、引き金を引く。

ズガンッ！　と轟音をたてて、弧を描きながら弾丸が飛んでいく。

完璧……っ！　エイムも、偏差も、速さも、すべてにおいて完璧。絶対に当たるッ！　これで……シンタローが遠くに行かなくてすむ……っ！

しかし、万感の思いを込めた弾丸はルーラーの頭に当たる少し手前で、火花を散らして進行方向を変える。

「嘘……でしょ……!?」

スナイパーライフルの弾丸が途中で起動を変えるなんて普通なら有り得ない。弾丸の軌道を、現実に限界まで近づけた『ＲＬＲ』ならではの現象。

かち合い弾（シャーリングバレット）。

文字通り、互いに放った銃弾が空中でぶつかり、軌道を変える現象。サブマシンガンなどの連射速度の高い武器が、互いに近距離で撃ち合った場合にごく稀に起こると、シンタローが言っていたような気がする。けれどスナイパーライフル同士で、それもこんな大舞台で、かち合い弾が起きるなんて聞いたこともない。

一瞬うろたえてしまうけれど。すぐさまコッキングして次弾を装填する。偶然に決まってる、弾丸に弾丸を狙って当てるなんて不可能だ。

「……！」

スコープを覗く。また、あの赤い目と目が合う。

「速い……！」

一瞬。ほんの一瞬、うろたえてしまった。

その一瞬が、こと狙撃の速さにおいては右に出るものがいないダイアモンドルーラーに、反撃のチャンスを与えてしまう。

エイムを合わせようとするけれど、間に合わない。

来る。世界最速の超高速エイム（クイックショット）が。

ヘッドを抜かれると覚悟した瞬間。ルーラーがエイムの矛先を変える。

勢いよくはじけ飛ぶ窓枠。あとから聞こえてくるこの銃撃音は、ＳＭＧ　Ｖｅｃｔｏｒ。シンタローの愛用武器。かち合い弾という予測不可能な現象が起きたその直後、シンタローがルーラーに対して攻撃を加えたのだ。

高低差がある屋内と、遮蔽物が何もない平地。撃ち勝てるわけがないのに、シンタローが勝負を敢行したその意味。

『お前なら勝てるよ、ルーラーに』

無慈悲にも、ガションと、Ｍ２４が火を噴いた。

「シンタローっ！」

今大会、敵チーム総勢二百五十二人。予選も入れれば万を超えるＲＬＲプレイヤーが、誰一人として落とせなかった世界最強。

私の幼馴染の名前が、キルログに表示された。

石橋をたたきに叩いて、壊して新しく作り直すくらい慎重な彼が、自らの命を捨てて、私に狙撃のチャンスを与えてくれた。

シンタローは、信じ切っているのだ。私が、ルーラーに撃ち勝つと……。

「……っ！」

シンタローが命がけで稼いでくれたこの時間を、死んでも無駄にしない。ＨＰバーがミリにさしかかるころ、私は息を止めた。

景色がゆっくり動く。

急いで遮蔽物に隠れようとするルーラーが止まっているように見えた。スポーツ選手によくある、ゾーンというやつなのかもしれない。

正真正銘。最後の最後。この一撃で、すべてが決まる。

ベル子、ジル、シンタロー、みんなの思いがこの引き金にかかっている。私みたいな自分勝手な人間を、最後まで信じてくれた仲間たち。今ならわかる。シンタローが私に伝えたかったこと。

みんなと一緒にゲームをするという意味を、私はいま、これ以上ないくらい実感している。

意識はさらに加速して、髪の毛一本に至るまで、神経が通っているような気さえした。

私は、シンタローを追いかけるためにFPSをしていた。けれど、今はそれだけじゃない。

「私は行く。みんなで世界に」

こんな楽しいゲーム、やめられるはずがない。

偏差を計算、レティクルを合わせて、引き金をひいた。

銃口から放たれた弾丸は、大きく弧を描いて、私たち四人の想いを乗せて、最後の敵であり最大の敵であるダイアモンドルーラーの頭めがけて飛んでいく。

ルーラーは隠れられないと悟ったのか、負けじと最後の力を振り絞り、撃ち返してくる。けれど、私の方が速い。すべてにおいて、私の方が速かった。

シンタローは絶対に渡さない。私たちは四人で一つなのだから。

脳漿をまき散らして、北米最強のスナイパーは沈む。

少し経った後、耳元を彼女の放った弾丸が掠めた。

「これで勝ちなんて、そんな情けないことは言わないわ」

Last Winner の文字がデスクトップに表示される。

「世界大会で、決着をつけましょう」

そうつぶやくと、私はヘッドセットを外す。

割れんばかりの歓声が、鼓膜を揺らした。

エピローグ

「はぁ……はぁ……ッ！」

息が詰まる。

汗で体に服が張り付く。

この焦燥感、緊張感は、三日前に終えた公式大会をも凌ぐ。

「くっそ……！　どうすりゃいいんだよ……！」

日本……いや、世界中の高校生の中で最も『ＲＬＲ』が強いチーム『UnbreakaBull』の頭脳オーダーである俺をもってしても、この状況の打開策を見つけることはできなかった。

「手止めないで、さっさと書きなさい」

俺のベッドで、ゲーム雑誌を読みながらアイスを食べる幼馴染。だらだらここに極まれりといった具合だ。

「……幼馴染がこんなに苦しんでるっていうのに……アイスなんてぺろぺろしやがって……お前人間じゃねぇよ！」

「夏休みの課題をちゃんと終わらせてないあんたが悪いんでしょ。サボらないよう見張ってあげてるだけありがたいと思いなさい」

「くっそ……！　なんでだよ……！　俺たちあの熾烈極める全国大会で優勝したんだぞ!?　世

界大会がかかった日本リーグも控えてるってのに……課題なんてしてる場合じゃ……！」

俺たちは全国大会を勝ち抜き、優勝を収めた。

日本の猛者、および海外のトップチームを押しのけ、堂々の優勝。

それにより『RLR JAPAN SERIES』通称『ＲＪＳ』に参加することが決まったのだ。

先日の高校生限定大会とは比べ物にならないくらいにレベルが高い、年齢制限なしの正真正銘のプロゲーマーが集まる日本リーグ。

毎週日曜、およそ一か月にわたり、総勢三十二チームがしのぎを削り、正真正銘日本最強を決める戦い。

たった一チームしか、世界大会に出場することは許されない。

高校生全国大会を軽くしのぐほどの激戦が、俺たちを待ち受けているのだ。

「学生の本分は勉学よ。テストもゴミみたいな点数しか出せないくせに、提出物も出さないなんて……もう一年高校生やりたいの？」

「うぅ……！」

奈月の厳しい言葉に半泣きになる俺。

大会を終えてちょっとは仲良くなれたと思ったのに、あいも変わらず俺たちは仲が悪い。

「そ！　そういやお前！　ルーラーを押しのけてベストタレット賞とってたじゃん！　さすがは２Ｎさんだぜ！」

怒れる奈月を鎮めるために話題を変える。

大会が終わり記録が集計され、それぞれ優秀な戦績を収めた選手にトロフィーが贈呈されたのだ。

ちなみにジルは最多ダメージ賞。ベル子はベストエンタメ賞を獲った。

「……あんな勝ち方で納得できると思ってんの？」

「ひっ！」

鬼の形相を浮かべる奈月。怖すぎて思わず女の子みたいな声が出ちゃったよ。

「私が求めてるのは完膚なきまでの勝利。あんな勝ち方じゃ納得できない。……最多キル賞もとられたし」

北米最強のスナイパーに撃ち勝っておきながら納得できないとは……。さすがは執念だけで世界ランク二位まで上り詰めただけのことはある。

「……それにあんたに言われても嫌味にしか感じないんだけど？　圧倒的な戦績を残した最優秀選手様？」

机の上においてあるごついトロフィーを眺めながら、彼女はジト目でそう言う。

「た……たまたまだろ……！　さて、課題やろーっと！」

なおもジト目で俺をにらみつける奈月。攻撃力が下がっていく感覚に肝を冷やしていると、かん高いチャイムの音が聞こえた。

一階から、可愛らしい声と男らしい声が聞こえてくる。

「タロイモくん！　奈月さん！　打ち上げに来ましたよー！」

「さぁ、宴の始まりだ」

楽しそうな二人の声を聞いた瞬間。奈月は無言で俺の背中を蹴る。

「アンタが呼んだのね。勉強する気あんの？」

「で、でも！　大会終わった後いろいろ忙しくて打ち上げできなかっただろ……!?」

「……はぁ」

仲が悪すぎる幼馴染は、大きなため息をついて。ドアを開く。

「……少しだけだからね」

奈月は呆れたように笑って、一階に降りて行った。

窓際に置いていた、写真立てが日差しで光る。

優勝後、トロフィーを掲げて四人で撮った写真が飾られていた。

俺はその写真を見つめて、少しだけ口元を緩めた。

俺たちなら、もっと高みに行ける。

まだ見ぬ強敵に胸を躍らせながら、汚れた机をかたづけた。

小さな机で、四人、一緒に座れるように。

あとがき

お久しぶりです。田中ドリルです。

『仲が悪すぎる幼馴染が（以下略）』の一巻を読んでくださった方は半年ぶりで『毎日死ね死ね言ってくる義妹（以下略）』の一巻を読んでくださった方は一か月ぶりですね。

さて皆さん、二巻の内容はどうだったでしょうか？

私は自分で書いたものを読み直して、なんだか胸がじんわりと熱くなりました。

今作のテーマは『団結』。

一巻で共同戦線を張った彼らが、本当の意味で一致団結し、そして強大な敵に立ち向かう。

そんなテーマで書かせていただきました。

シンタローの背中を追いかける奈月、大切な妹のためにＦＰＳをするベル子、シンタローの尻穴をねらうジル。

そんな彼らの過去や変化を描けたんじゃないかと思います。

ページ数の関係もあって、ジルクニフの活躍シーンを少し減らしてしまったのが、唯一の心残りですね（作者の一番大好きなキャラ）。

この本を読んで、すこしでもＦＰＳがやりたくなったら、作者としてこれ以上の喜びはありません。

シンタロー達はＶｏＶを退け、次は世界大会出場のためＲＬＲ日本リーグに挑みます。

野良サーバーで世界ランキング一位のシンタローでも、プロが活躍する競技シーンに出ればかなり苦戦すると思います。

アマチュアからプロへ。さらに厳しい戦いを四人で乗り越えるシンタロー達を書きたい……！

そして、未だ明かされていないシンタローの過去。彼が最強でいられる理由。それも三巻が出れば描けると思います。

一巻二巻が、少しでも面白いと思っていただけた方は、三巻が出せるよう応援してくださるとうれしいです。

最後に、この本を買ってくださった読者様。自分のわがままに付き合ってくださった編集者様。素晴らしいイラストを描いてくださったイラストレーター様。この本に携わってくださったすべての方々に、感謝申し上げます。

三巻でも皆さんにお会いできるよう、より一層頑張ります。

十月初旬。朝焼けの中。ほろ苦いブラックコーヒーを啜りつつ。

田中ドリル。

仲が悪すぎる幼馴染が、俺が5年以上ハマっているFPSゲームのフレンドだった件について。2

2020年10月25日　初版第一刷発行

著　者　　田中ドリル

発行人　　長谷川　洋

発行・発売　株式会社一二三書房
〒101-0003 東京都千代田区一ツ橋2-4-3
光文恒産ビル
03-3265-1881

印刷所　　中央精版印刷株式会社

■本書は小説投稿サイト「小説家になろう」（http：//syosetu.com/）に掲載された作品を加筆修正し書籍化したものです。

ISBN 978-4-89199-665-9